KB198503

기막히게 좋은 것

기막히게 좋은 것

최갑수 에세이

ALONE BOOK

"우리가 진정으로 사랑해야 하는 것들은
우리가 그러기 위해 애쓰지 않아도 되는 것들일 때가 많다."

가까이, 바로 내 옆에

◦ ◦ ◦

세월 또는 시간에 대해 쓰고 싶었습니다. 어느 날 문득 커피를 마시며 창밖을 보다가도, 신호등을 건너다가도, 넷플릭스에서 영화를 고르다가도 '아이쿠, 어느새 세월이 이렇게 흘렀군!' 하는 걸 느끼곤 했거든요. 어느 아침 면도를 하다가 그 감정들을 써보면 어떨까 했습니다.

그동안 많은 것이 변한 것 같습니다. 자세하게 설명할 순 없지만 분명 뭔가가 변했어요. 예전과 달라졌어요. 몸도, 마음도요. 주위 환경도, 일도, 나와 관계를 맺으며 함께 일하고 살아가는 사람들도요. 갈 사람은 가고, 남을 사람은 남았습니다. 변한다는 건 어쩌면 당연한 일이겠죠. 오십 년이나 살아왔는데 변하지 않았다면 그게 더 이상한 일일 것입니다.

요즘 주위 사람들에게 "즐겁지 않으면 의미가 없다"고

자주 말합니다. 이만큼 살아 보니 인생에서 즐거움보다 더한 가치는 없는 것 같아요. 저 역시 글쓰기가 싫다고, 지긋지긋하다고 자주 투덜대지만, 솔직히 글을 쓸 때가 가장 즐겁고 행복합니다. 만약 여행에 관한 글을 쓰지 않았다면 일찌감치 여행을 그만두었을지도 모릅니다.

좋은 글을 쓴다고 더 좋은 인생을 사는 건 아닙니다. 지금까지 글을 쓰며 살아오며 깨달은 것입니다. 좋은 인생은 A4지 속에 있는 것이 아니라, 좋은 사람 옆에, 좋은 음식 앞에, 좋은 날씨 아래에 있더라고요. 이걸 알게 됐으니, 그동안 보낸 세월이 헛되지만은 않았네요.

가끔 '즐길 수 있는 날이 얼마 남지 않았어' 하는 생각이 들며 조급해지기도 했지만, '이제야 제대로 즐길 수 있겠군' 하며 안도하기도 합니다. 여기에 실린 글들은 그 즐거움을 찾기 위해 걸었고 살폈던 노력입니다. 즐거움은 멀리 있지 않더라고요. 저녁 산책길에, 파스타를 만드는 프라이팬 위에, 무심코 올려다본 밤하늘에 있었습니다.

가까이, 바로 내 옆에.

차 례

°

1장

두부 가게에서 찾은 행복

"행복을 찾기 위해 모험을 할 필요는 없으니까요"

°

2장

때로는 하루를 여행처럼

"살다 보면 도망이 필요할 때가 있는 법이죠"

。

3장

모른 척하는 마음

"기다리는 시간도 꽃을 피우는 시간이었어요"

°

4장

우리가 닿아야 할 삶의 지평이 있다면

"모든 순간은 딱 한 번만 우리에게 온답니다"

1장

두부 가게에서 찾은 행복

"행복을 찾기 위해 모험을 할 필요는 없으니까요"

◦ 더 좋은 삶을 살 수 있는 시간이
   아직 남아 있습니다

아침 8시. 도서관 주차장에 도착했습니다. 제가 자주 가는 도서관 옆에는 인조 잔디가 깔린 운동장이 있습니다. 조기 축구회 회원들이 축구를 하기도 하고 아이들이 자전거를 타기도 하죠. 흰 선이 그어진 트랙이 제법 그럴듯합니다.

평소 같으면 도서관이 문을 여는 9시까지 차 안에 앉아 책을 읽겠지만, 오늘은 운동장 트랙을 따라 걸었습니다. 바람이 제법 시원하더군요. 여름이 한창이다 싶었는데, 어느새 가을이 오고 있습니다. 가을이 오는 것을 느끼는 일은 언제나 기분이 좋습니다. 올가을에는 어디로 여행을 가볼까? 그곳엔 어떤 맛있는 음식이 있을까? 다음 주에는 새 카디건을 사야겠어. 이런 생각을 하는 건 즐거운 일이죠.

트랙을 따라 천천히 걸었습니다. 발바닥에 닿는 트랙의 감촉을 느끼며 깊은숨을 들이마셨습니다. 다섯 바퀴를 돌았는지, 여섯 바퀴를 돌았는지 정확하게 기억나지 않습니다. 머릿속에는 곧 나와야 할 새 에세이에 관한 생각으로 가득 차 있었거든요. 걷다 보니 이마에 땀이 송골송골 맺혔습니다. 트랙에서 나와 트랙 옆 계단으로 올라갔습니다. 계단 꼭대기까지 올라가자 하얀 선이 선명하게 그어진 트랙이 훤히 내려다보였습니다.

나는 지금 어느 레인에서 달리고 있을까? 3번 레인일까, 7번 레인일까? 몇 바퀴나 남았을까? 아무튼 같은 코스를 빙빙빙 맴돌고 있다는 것은 분명했습니다. 네, 그렇습니다. 저는 작가가 된 후 지금까지 똑같은 트랙을 열심히 달리고 있습니다. 아마 삼십 년은 된 것 같네요. 트랙을 내려다보다가, 문득 제가 써 온 글 대부분이 다른 누군가를 위한 것이 아니었을까 하는 생각이 들었습니다.

지금까지 인생의 반을 여행을 하며 보냈습니다. 누군가를 위로하기 위해 글을 썼고, 누군가에게 동경을 불러일

으키기 위해 사진을 찍었죠. 제게 청탁한 편집자의 입맛에 맞는 글을 써왔습니다. '나를 위해 쓴 글이 있을까? 나만의 만족을 위해 쓴 글이 있을까?' 어쩌면 이 말은 어폐가 있을 수도 있겠네요. 발표하는 모든 글은 결국 누군가를 위해 씌어지는 것일 테니까요. '아냐, 글을 나를 내보이는 것이니 결국 나를 위해 써야 하는 것 아닐까?' 이런저런 생각을 하며 트랙을 물끄러미 내려다보았습니다.

어젯밤 읽은 이십 대 후반의 어느 작가의 글이 떠오르더군요. 어쩌면 이렇게 섬세하고 예민한 촉수를 가졌을까. 어쩌면 이토록 따뜻하고 다정한 마음을 가졌을까. 그의 글을 읽는 내내 그를 너무 부러워하다가, 그의 글이 좋은 이유를 알게 됐습니다. 글에는 그의 생활이 고스란히 드러나 있더군요. 그는 매일매일의 아침 식사 같은 별것 아닌 것들을 잘 챙기고, 사소한 배려에 감사하고, 좋은 습관을 가지고 있고, 주변을 잘 정리하며 살고 있었습니다.

다시 트랙으로 내려와 5번 레인을 따라 걸었습니다. 지금까지 나는 어떤 인생을 살아왔을까…… 나는 어떤 인생인가……. 여전히 오리무중이지만 한 가지 확실한 건, 아직은 제가 돌아야 할 트랙이 많이 남았다는 것입니다. 걸으며 생각했습니다. 매일 아침마다 걷고 한 시간씩 책을 읽자, 저녁에는 밥을 일찍 먹고 산책을 하자, 정리 정돈을 잘하자, 조금 더 다정한 마음을 가지자. 지금까지 살며 느낀 건 좋은 글은 일탈에서 나오는 것이 아니라 좋은 생활에서 나온다는 것입니다.

어느새 8시 55분입니다. 곧 도서관이 문을 열겠네요. 트랙을 빠져나옵니다. 아직 좋은 글을 쓸 수 있는 시간이 남아 있고, 인생을 더 좋은 방향으로 나아가게 할 수 있는 기회가 있다는 것을 다행으로 여깁니다.

○　아침의 좋은 기분이
　　저녁까지 이어집니다

언제나 그랬듯, 어제 저녁에는 와인 한 잔을 마시고 일찌감치 잠자리에 들었습니다. 그리고 오늘 새벽 세 시 반에 일어났죠. 레터 작업이 생각보다 일찍 끝났는데, 이런 날은 그냥 기분이 좋습니다.

새벽 다섯 시 반에 레터 발송을 예약하고 동네를 한 바퀴 산책했습니다. 봄이 성큼 다가와 있더군요. 날이 섰던 아침 공기가 어느새 말랑해져 있었습니다. 숨을 들이쉴 때마다 도톰한 유리컵에 입술에 대는 것 같았습니다. 회색빛 새벽을 지나가는 전철의 덜컹거리는 소리도 한층 경쾌하게 다가오더군요.

제가 걷는 코스는 언제나 똑같습니다. 1시간 40분 정도를 걷는데요, 걸음 수로는 만 보가 약간 넘습니다. 산책을 마치고 돌아와서는 샤워를 하고 얼마 전 고흥 출장에서 사 온 분청사기 잔에 차를 따라 마셨습니다. 초록빛으로 투명한 차와 어우러진 분청 잔의 은은한 질감에 저절로 마음이 그윽해 졌습니다. 손바닥으로 둥근 잔을 쓰윽 하고 쓰다듬었더니 미소가 일어났습니다. 나이가 들수록 좋은 물건을 사용한다는 게 더없이 기분 좋은 일이라는 걸 깨닫고 있습니다.

매일 맞이하는 새벽이 점점 소중하게 느껴집니다. 이 시간을 어떻게 보내느냐에 따라 하루의 기분이 결정되는 것 같거든요. 매일 아침 느낀 사소한 기분이 잠자리에 들 때까지 이어지더라고요. '침대 정리'라는 작은 습관이 가져다주는 성취감이 일상의 다른 부분에서도 작은 성공을 추구하게 하는 동기부여가 된다는 걸 깨달았죠.

예전에는 똑같이 반복되는 일상이 지루하게만 느껴졌습니다. 아침이면 사무실로 가 하루의 일정을 바쁘게 소화

하고, 저녁이 되면 지친 몸을 이끌고 돌아와 잠자리에 들었습니다. 그런데 이제는 아침이 매일 다르다는 것을 알게 됐습니다. 바람이 방향이 다르고, 공기의 질감이 다르고, 햇빛의 농도가 다르더군요.

거창하고 다부진 결심, 세밀한 계획, 끝없는 열정 같은 것도 좋지만, 아침 산책과 사기잔에 담긴 따뜻한 차 한잔 같은 것들이 우리 인생을 더 나은 방향으로 이끄는 것 같습니다. 맛있는 음식을 먹고 잠을 잘 잡니다. 일어나면 스트레칭을 하고 잠깐이라도 산책을 합니다. 혼자 이자카야 여행을 할 날을 꿈꾸며 틈틈이 일본어 공부를 하고 있어요. 가끔 좋아하는 브랜드의 옷을 사죠. 귀하게 여겨야 할 건 하루라는 일상입니다.

이제 와 생각해 보니 뭔가를 제대로 할 수 있는 시간은 이삼십 년밖에 안 되는 것 같아요. "작은 습관이 만들어내는 결과가 우리의 운명이 된다"라고 션 코비는 말했죠. 매일매일 조금씩 하면 돼요, 매일매일 신기록을 세울 필요는 없답니다.

○　행복을 찾기 위해
　　모험을 할 필요는 없습니다

책 한 권을 마무리 지었습니다. 책이 나오기 한 주 전, 책이 나오고 나서 보름 정도는 정말 정신없이 바쁩니다. 인쇄소에 다녀오고, 보도자료도 만들어야 하고, 각종 홍보자료를 만들어야 하죠. 서점 배본과 MD 미팅도 해야 하고요.

　　서점 출고를 마치고 맞는 첫 토요일, 오전 늦게 사무실에 나왔습니다. 특별한 일이 없어도 휴일에 사무실에 나오는 편입니다. 아마 직원이라면 "아휴, 휴일에 사무실엘 왜 가요" 하고 손사래를 치겠지만, 혼자 꾸려나가는 출판사이다 보니 사무실과 집을 따로 구분하지 않습니다. 일과 생활을 두부 자르듯 정확하게 가르는 것은 불가능하죠.

아무도 없는 사무실에 나와 있으면 뭔가 묘한 여유가 느껴집니다. 창으로 들어와 회의 탁자를 비추는 햇살의 질감도 다르죠. 텅 빈 사무실에서 클래식 FM을 크게 틀어놓고 커피를 마시며 어슬렁거리고 있노라면 뭐랄까……, 긴장과 여유 사이의 중간쯤 되는 감각이라고 할까요, 노곤하면서도 달콤한 피로감이라고 할까요, 이런 복합적인 감각을 느낄 수 있어 좋습니다.

오늘은 옅은 봄비가 내리고 있습니다. 사무실 유리창 너머로 내리는 비를 바라보며 커피를 마십니다. 창문을 여니 비 냄새가 훅 하고 끼쳐오네요. 스카치 캔디를 한 알 깨물고 클래식 FM을 틀었더니 요한 슈트라우스가 흘러나옵니다.

휴일의 사무실에서 하는 일은 바빠서 미루어 두었던 잡다한 정리입니다. 책을 내기 위해 작가, 거래처와 주고받았던 메일에 태그를 달아 저장하고, 붉은 사인펜 자국으로 가득한 교정지를 버리고 다음 책 교정지를 그 자리에 갖다두는 거죠. 수첩에 적어두었던 아이템과 메모도 주제별로 정리합니다. 커피를 마시고 케이크를 잘라 먹으며 이런저런 일을 합니다. 미뤄두었던 시집을 읽기도 하고요.

언젠가부터 이 시간을 즐기게 된 것 같습니다. 아무도 없는 사무실의 공기청정기 돌아가는 소리, 사무실 바깥을 쿵쾅거리며 지나는 아이들 발걸음 소리(사무실이 파주 출판단지에 있어 주말이면 가족 여행객이 많이 옵니다)를 들으며 느긋하게 보내는 시간이 좋습니다. 게다가 아무도 없는 주말의 사무실에서는 클래식 FM의 볼륨을 마음껏 볼륨을 높일 수 있거든요.

돈은 티끌 모아 태산이 되는 것 같지는 않은데, 행복과 즐거움은 티끌 모아 태산이 되는 것 같네요, 확실해요. 오십 넘어서야 비로소 이걸 알게 됐어요. 행복을 찾기 위해선 굳이 모험을 하지 않아도 된다는 것을요. 우리 주위에는 행복이 많고, 낙엽이나 조약돌 같은 행복을 주워 담을 바구니 하나만 있으면 됩니다. 오늘은 바구니에 커피, 스카치 캔디, 클래식 FM, 시집, 빗소리, 구름을 담았습니다. 그 사이에 보도자료와 이메일을 슬쩍 끼워놓았는데, 나쁘진 않은 것 같습니다.

집으로 오는 길, 봄비를 맞으며 조금 걸었습니다. 사

무실 나서기 전 밥 말리의 글을 읽었거든요. "몇몇 사람들은 비를 느끼고, 다른 사람들은 그냥 젖는다"라고 했더군요. 봄 비가 사분의 삼박자 왈츠 스텝으로 뺨에 닿았습니다.

° 좋은 걸 아끼지 않고
　 먼저 사용합니다

행복은 재능의 영역일 수도 있고, 혹은 노력과 경험의 영역일 수도 있지 않나 하는 생각이 듭니다. 같은 일이 일어났어도 어떤 이는 그 일에 대해 행복하다고 느끼지만, 어떤 이는 행복감을 전혀 느끼지 못하는 걸 보면 그런 것 같습니다. 행복해 본 적이 없는 사람은 행복한 상태가 어떤 것인지 모를 것이고 그래서 지금 자신이 행복한 상태에 있는지, 그렇지 않은지 모를 수도 있는 것 같고요.

　저 역시 그랬던 것 같습니다. 불행이 계속 이어지다 보니, 행복이란 게 정말 있기나 한 건지 의심하면서 살아왔죠. "행복이라는 게 있나, 행복이라는 말이 있을 뿐이시."

이렇게 어느 책에 쓴 적도 있으니까요. 지금은…… 행복은 불행하지 않은 상태인 것 같다고 생각합니다. 잠자리에 들 때 뭔가 마음에 걸리는 게 없다면, 행복한 상태에 있는 것이라 여깁니다. 아무튼 가벼운 마음으로 잠자리에 들 수 있다는 것, 그건 참 중요한 일 같습니다.

행복감을 높이는 방법 가운데 하나는 일상생활에서 사용하는 걸 가능한 한 좋은 것으로 쓰는 게 아닐까 싶습니다. 특히 자주 쓰는 물건일수록 좋은 걸로 고르려고 합니다. 그렇다고 아주 비싼 건 아닙니다. 예를 들자면, 커피를 마시는 머그잔이나 매일 아침 바르는 스킨로션, 실내용 슬리퍼, 책을 읽는 일인용 소파 같은 것들 말입니다. 가끔 사용하는 것도 괜찮은 것으로 고르려고 합니다. 여행 가방 같은 거죠. 살면서 여행 가방을 몇 번이나 사보겠습니까.

내 옆에 있는 물건이 보기 좋을 때 내 기분도 좋아진다는 걸 알게 됐습니다. 그래서 디자인도 나름 꼼꼼하게 따집니다. 이젠 눌러 참는 데 에너지를 소모하지도 않고, 뭔가를 아끼려고 굳이 애쓰지 않아요. 좋은 옷일수록 자주 입고, 음식도 맛있는 것부터 먹죠. 대신 이 물건이 과연 내 삶의 방식에 어울릴까, 내 옆에 있을 때 보기 좋을까 하는 것을 따져보곤 해요. 삶의 질이 올라갈수록 행복감도 높아져요. 간단해요.

어느 책에서 보았습니다. 소설가 레이먼드 커버의 '인생의 법칙'이라는 건데요. '미래를 위해 물건을 쌓아두지 않고, 날마다 자신이 가진 가장 좋은 것을 써버리고는 더 좋은 것이 생길 것이라고 믿는 것'이라고 합니다. 가난과 알코올 중독, 이혼으로 점철된 그의 인생을 생각하면 정말 절절하게 다가오는 말이죠. 이런 삶의 태도를 가지다 보면, 어떤 만족감 같은 것이 마음속에 서서히 고이고 마침내 가득 찬 우물처럼 행복감을 느낄 수 있게 되지 않을까요. 오십이 넘고 보니, 아껴서 좋은 건 말뿐인 것 같습니다.

○   안 풀리는 일은
      저만치 미뤄둘 줄도 압니다

도저히 풀 수 없는, 아무리 생각해도 해결법이 떠오르지 않
는 일들이 있습니다. 예전에는 어떻게든 풀어보려고 전전긍
긍하며 애썼지만, 지금은 '에라 모르겠다, 될 대로 돼라지'
하면서 저만치 밀쳐 둡니다. 하루 이틀 눈 딱 감고 지내고
나면 아무것도 아닌 일이 되어 있는 경우도 있었고, 거짓말
처럼 해법이 떠오를 때도 있더군요.

      영화 〈이상한 나라의 수학자〉에서 세계 최고의 수학자
리학성 동지(최민식 분)가 이렇게 얘기했죠. "풀리지 않는 문제

가 있을 때, 화내거나 포기하는 대신 '음, 어렵구나. 내일 다시 풀어봐야 갓구나' 하는 마음. 그런 게 수학적 용기다. 그렇게 담담하면서도 꿋꿋한 녀석들이 결국 수학을 해내는 거지."

안 풀릴 땐 조금 미뤄두고, 흘려보낼 건 흘려보내자고요. 비 오는 날 지붕을 고치는 것 말고는, 아무것도 아닌 일이 대부분인 것 같아요. 잡지 기자를 처음 시작할 때였습니다. 나름 사명감이 넘치고 열심히 기사를 쓰던 시절이었죠. 세상이 망해도 내 기사는 살아남을 거야. 이런 각오로 취재를 다녔습니다. 어느 날 기사를 쓴다고 모니터 앞에서 머리를 싸매고 있는데, 데스크가 이렇게 말하더군요. 얼른 줘. 어차피 아무도 안 봐. 그때 정말 큰 깨달음을 얻었습니다. 아무도 내 기사를 읽지 않는다는 사실을 알고 난 이후, 대부분의 현명한 직장인들처럼 저 역시 위대한 현실주의자의 길을 걷기 시작한 것이죠.

매일 매일 최선을 다하는 것도 좋지만, 하루 이틀쯤 게으름을 피워도 됩니다. 그런다고 세상이 망하지는 않아요. 째깍째깍 잘 굴러갑니다. 사는 덴, '오늘 너무 잘하면,

내일 더 잘할 게 없잖아'라는 식의 뻔뻔한 생각이 약간은 필요하답니다. 다들 쉬쉬하고 있지만, 세상은 의외로 엉망이고 주먹구구식으로 굴러가니까 우린 '수학적 용기'를 가지고 담담하고 꿋꿋하게 오늘 하루를 지나갑시다.

◦   컨디션이 좋지 않을 땐
　　　채소를 사 와 음식을 만듭니다

최근 며칠 동안 루틴이 급격하게 무너졌습니다. 이런저런 일로 정신없이 바빴고 술도 많이 마셨습니다. 인스턴트 음식으로 대충 끼니를 때웠죠. 폭식도 했고요. 이젠 몸이 금방 반응하는 나이가 됐습니다. 컨디션이 정말 엉망이었고 결국 이삼일 심하게 앓을 수밖에 없었죠.

　겨우 몸을 추스르고 어제부터 다시 일찍 일어나기 시작했습니다. 새벽 공기 속을 걷고, 마트에서 채소를 사 와 음식을 만들고, 차를 마시며 책을 읽었습니다. 그러는 와중에 조금씩 컨디션이 돌아오더군요.

예전엔 뭔가 안 좋을 땐 그 해결책을 새로운 것에서 찾으려고 했지만 이제는 그 방법이 주위에 있다는 것을 알게 됐습니다. 내가 찾으려고 하는 것들은 지평선 너머 먼 곳이 아니라 책상 위와 새벽의 산책길, 동네 슈퍼마켓의 채소 진열대, 저녁의 두부 가게에 있더군요. 당연한 것들의 생활로 다시 돌아가는 중입니다.

∘   정말 필요한 걸

　　　좋고 아름다운 것으로 삽니다

물건을 잘 버리는 편입니다. 잘 사지도 않는 편이고요. 지금까지 여행작가를 이십 년 넘게 해왔지만 집에는 그 흔한 마그넷 하나 없습니다. 여행을 다녀올 땐 와인이나 올리브오일을 사 오는 게 전부입니다. 그런데 희한한 건, 사는 게 없는 데도 물건들이 계속 늘어난다는 겁니다. 가끔 그것들을 보며 도대체 어디에서 왔을까 하고 고개를 갸웃거리곤 한답니다.

　　우두커니 서서 나를 바라보고 있는 그 물건들, 그러니까 지금 필요하지 않은 그 물건들은 일정 기간 동안 격리하다가 시간이 지나면 버리거나 나눠 줍니다. 제 경험상 일 년 정도 사용하지 않는 물건은 앞으로도 쭈욱 사용하지 않을 확률이 높더군요. 그것도 굉장히요.

젊었을 땐 이것저것 많이 사들이기도 했습니다. LP며 CD, 책 등을 모을 때도 있었죠. 유행 따라 옷도 많이 사 입었죠. 그런데 지금은 티셔츠와 후디, 청바지 몇 벌이 전부입니다. 아, 기본 재킷 정도는 있습니다. 어른이니까요. 그래도 그 시절 덕분에 지금의 '취향'이 만들어진 게 아닐까 하고 생각합니다. 취향은 많은 돈을 들인다고 하루아침에 만들어지는 게 아닙니다. 평생을 투자해야 만들 수 있는 게 취향이죠.

20대, 30대에 이것저것 많이 해봐야 한다는 것도 이 때문입니다. 젊은 시절에는 '미니멀리즘'이나 '심플라이프' 같은 말에 너무 개의치 마세요. 다양한 것을 접해 봐야 내게 어울리고 내가 좋아하는 것을 발견할 수 있답니다. 그래야 버릴 수도 있는 것이고요. 미니멀리즘이나 심플라이프 같은 건 이미 겪어볼 만큼 겪어본 사람들이나 하는 말입니다. 좋은 것 써보고 싶은 것 다 써보고 난 후 내가 좋아하는 것들로만 딱딱 채워가는 거죠. 세상 사치스러운 말이 미니멀리즘이에요.

이야기가 약간 옆으로 샌 것 같네요. 어쨌든 저는 요즘 제 일상의 기준을 '나중'보다는 '지금'에 두고 있습니다. 옷을 사기 전, '지금 나는 이 옷을 지금 입을 것인가?' 하고 스스로에게 물어봅니다. '언젠가 입겠지' 하는 생각이 들면 사지 않습니다. 그때 가서 사면 되지, 뭐(그때가 되면 분명 그 옷을 사려고 했다는 사실조차 까마득하게 잊고 있겠지만요). 책은 도서관에서 빌려 읽고, 산 책은 다 읽고 나면 선물하거나 헌책방에 팝니다. 냉장고도 비어 있는 부분이 더 많죠. 시장에 가면 에코백에 담길 만큼만 삽니다. 두부 한 모, 양파 두 알, 달걀 열 알이면 충분합니다.

'지금' 해야 할 일을 하고 '지금' 필요한 걸 사다 보니 인생이 훨씬 심플해지고 경쾌해지는 것 같습니다. 새로운 물건과의 만남에 설레던 시절은 지나갔습니다. 정말 중요한 것은 지금 눈앞에 있는 것이고, 좋은 물건을 사용하는 데서 오는 만족감이 더 중요하다는 것을 알게 됐습니다. 물건의 가치가 가장 빛날 때는 그 물건이 적재적소에 사용될 때죠. 그래서 이제는 새로운 무언가를 가지려 하기보다는 정말 필요한 걸 좋고 아름다운 것으로 갖추려고 합니다.

○　밉거나 외로운 마음이 들 땐
　욕실 청소를 합니다

마음이 괜히 좋지 않을 때가 있습니다. 내 안에 남아 있는
지난 일들의 어지러운 그림자들, 증오와 후회와 악의와 슬
픔, 그래도 잃지 않으려 했던 여러 순수와 선의, 사랑의 모
습들이 가늠되지 않는 미래들과 한데 뒤엉켜 심사가 어지러
울 때가 있죠. 어제가 딱 그랬습니다. 여느 일요일과 다름없
이 오전에 카페로 나가 일을 하는데, 무슨 이유에선지 미운
사람들의 얼굴이 문득 떠올라 마음이 먹구름처럼 어둑해졌
습니다. 잊고 싶지만 결코 잊혀지지 않는 일이란 게 있는 법
이니까요. 일은 손에 잡히지 않고 마음은 허둥대기만 했습

니다. 비까지 무섭고 막막하게 내렸고요.

커피 한 잔을 더 마시며 내리는 비를 한참이나 바라보고 있는데 다행히 거짓말처럼 비가 그치더군요. 스콜 같은 거였죠. 노트북과 책을 챙겨 집으로 가 빈 백팩으로 바꿔 메고 가까운 다이소로 갔습니다. 거리는 비 냄새로 가득하더군요. 다이소에서 작은 락스 한 통과 유리 세정제, 청소 솔, 스펀지, 수세미를 샀습니다. 백팩을 메고 평소의 산책 코스를 따라 한 시간 정도 걸었습니다. 머릿속으로 새로 쓸 에세이의 제목과 월요일에 해야 할 일들의 목록을 정리했고, 저녁에 뭘 먹을까를 생각했죠. 떠오른 메뉴는 메밀 소바와 가지전 그리고 맥주입니다. 남은 방울토마토를 얼른 해치워야 하니 토마토계란볶음도 만들기로 했습니다. 가는 길에 슈퍼에 들러 부추를 사 가기로 했습니다. 토마토계란볶음에 부추를 넣으면 더 맛있죠.

집으로 돌아와 욕실에 락스를 뿌리고 솔을 문지르며 꼼꼼하게 청소를 했습니다. 유리세정제로 욕실 유리도 깨끗하게 닦았습니다. 칫솔과 샤워 타월도 새것으로 바꾸었고요. 말끔해진 욕실에서 샤워를 하고 나와 손톱과 발톱을 깎았습니다. 그리고 가스레인지 앞으로 가 프라이팬을 달구고 식용유를 뿌리고, 냄비에 물을 데웠습니다. 얇게 썬 가지에 계란물을 살짝 묻혀 굽고, 감자 두 알을 삶았습니다. 부추를 사러 갔다가 감자가 보이길래 감자샐러드 생각이 나 몇 알 사 왔거든요. 감자는 사 등분 해서 삶으면 오 분이면 익습니다. 삶은 감자와 계란을 으깨어 마요네즈를 넣어 감자샐러드를 만들었습니다. 고수를 살짝 곁들여 먹으면 좋은데 아쉽게도 고수가 없네요. 그리고 마지막으로 토마토계란볶음을 만들었고요.

그렇게 저녁을 먹었습니다. 어느새 비가 다시 내리기 시작하더군요. 먼저 차가운 맥주 한 모금(꿀꺽꿀꺽) 그리고 메밀 소바를 쯔유에 듬뿍 찍어서 크게 한 입, 다시 차가운 맥주 꿀꺽꿀꺽. 가지전과 토마토계란볶음을 번갈아 먹으며 맥주를 마셨습니다. 밉거나 외로운 마음이 들 땐 걷거나 청소를 하고 맛있는 걸 먹으면 좀 낫습니다. 식용유와 희미한 락스 냄새가 묘하게도 위로가 된답니다. 뭔가 삶에 주의를 기울이고 있다는 증거 같거든요. 저녁 식사를 마치고 지금은 며칠 전 선물 받은 화이트 와인에 감자샐러드를 먹으며 오쿠다 히데오의 소설을 읽고 있습니다. 오쿠다 히데오

만큼 감자샐러드에 잘 어울리는 작가를 아직 찾지 못했습니다. 낮과 달리 빗소리가 듣기 좋은 저녁입니다.

。　일만 하다

　　죽고 싶지는 않습니다

매일 아침 걷는 산책 코스가 있습니다. 작은 천을 따라가는 길입니다. 그 길옆에는 들꽃이 많이 피어있는데, 오늘 아침 예초기를 든 사람들이 꽃과 풀을 모두 베고 있더군요. 꽃 너머 해가 뜰 때 너무 예뻐서 사진을 찍곤 하는데, 내년까지 이 꽃들을 못 본다고 생각하니 아쉬웠습니다. 그래서 얼른 몇 송이를 꺾어 집으로 가져 와 유리병에 꽂아 책상 위에 두었습니다. 책상 분위기가 확 바뀌더군요.

　　저녁 산책길에서는 장미가 활짝 핀 것을 보았습니다.

요즘 집집마다 담 너머로 장미가 폭죽처럼 피어 있습니다. 그래서 집 구경도 할 겸, 장미 구경도 할 겸 매일 다른 골목을 찾아 걷습니다. 산책을 마치고 집에 와서는 저녁 식사 준비를 했습니다. 양배추샐러드를 만들고, 미역과 두부를 넣고 된장국을 끓였습니다. 멸치 육수를 넣어 계란말이를 만들고 여기에 시원한 맥주 한 잔. 바쁜 와중이지만 산책과 맛있는 저녁은 꼭 챙기려고 합니다.

예전에는 '오늘은 열심히 일해야지' 하는 다짐을 자주 했지만 지금은 '아무리 바빠도 산책과 샐러드 그리고 맥주는 잊지 말아야지' 하는 마음으로 삽니다. 이렇게 슬렁슬렁 사는 지금의 내가 좋습니다. 죽기 전까지 일을 해야 한다면 일만 하다 죽고 싶진 않아요. 세상일은 의외로 허술하고 주먹구구식이라서, 모든 일에 백 퍼센트 최선을 다하지 않아도 된다는 걸 알고 있으니까요. 흘려보낼 건 흘려보내고 힘을 줘야 할 것에만 딱딱 힘을 주면 됩니다.

인생이라는 게임에서는 성공하고 이기는 것보다, 실패하지 않고 끝까지 가는 것이 더 중요합니다. 우리가 마지막에 닿는 곳은 다 똑같아요. 목표를 이루는 것도 좋지만,

그렇다고 가시밭길, 시궁창 길만 가면 무슨 재미로 살겠습니까. 내가 눈물로 지새운 지난밤에는 아무도 관심이 없답니다.

자주 웃고 맛있는 음식을 챙겨 먹읍시다. 좋아한다는 말은 할 수 있을 때 하고요. 인생에는 아무리 원해도 이루지 못하는 일이 있고, 우리는 영원히 살지 않습니다.

○ 금요일 오후는
   슬렁슬렁 보냅니다

벌써 금요일이네요. 한 주가 참 빠르게 흘러간 간 것 같습니다. 금요일 새벽은 기분이 가볍습니다. 제게는 금요일 오후부터 휴일이거든요. 저는 토요일과 일요일에도 대부분 일하는 편입니다. 그래서 금요일 오후에는 되도록이면 편한 시간을 보내려고 합니다.

　예전에는 일과 삶을 딱딱 구분하려고 했는데, 제 일의 특성상 그게 잘 안되더군요. 그래서 억지로 나누려고 하지 않습니다. 게다가 저는 프리랜서라서 일하는 데 엄격하게 정해진 시간과 규칙이 없습니다. 제가 더 편하고 잘할 수 있는 방식으로 하면 되는 거죠. 아무튼 뭔가 특별한 일이 없는 금요일 오후에는 슬렁슬렁 시간을 보내려고 합니다. 낮술 약속을 잡거나, 약속이 없으면 도서관에 가서 서가를 어슬렁거립니다. 뭘 읽어볼까 하고 책장 사이를 돌아다니는 그 시간이 좋더군요.

다이소나 마트에 가서 자질구레한 생필품을 사기도 합니다. 바구니에 이런저런 물건을 담을 때마다 살아가는 동안 끝없이 물건을 사도 필요한 것들이 계속해서 생겨난다는 사실이 참 신기합니다. 딱히 필요한 게 없더라도 그냥 마트에 갈 때도 있는데, 마트에 간다는 행위 자체가 생활을 하고 있다는 감각을 잊지 않도록 해주는 것 같아서 좋습니다. 저 같은 사람에겐 꼭 필요한 감각이죠.

마트에서는 주말 동안 음식을 만들 재료를 삽니다. 주로 온라인을 이용하지만, 그래도 양파와 샐러드, 해산물 같은 걸 직접 고르는 즐거움도 있는 거니까요. 오늘은 눈을 뜨자마자 가지그라탕이 먹고 싶었습니다. '토마토소스를 듬뿍 넣고 가지그라탕을 만들어 와인이랑 먹어야지' 하고 생각하는 순간 힘이 번쩍 나면서 침대에서 빠져나올 수 있었습니다. 그렇다면 가지와 모짜렐라 치즈를 사 와야겠군요. 전 가지그라탕에 펜네를 넣는 걸 좋아하기 때문에 펜네도 한 봉지 사 와야겠습니다.

예전에는 모험을 즐겼습니다. 여행작가로 치열하게 일하던 젊은 시절에는 모험을 쫓아 오지를 열심히 찾아다녔죠. 어휴, 지금은 그렇게 못합니다. 그냥 단순하고 익숙한 것들이 좋습니다. 사람들이 재미없는 삶이라고 여기는 생활 방식이 제겐 오히려 즐겁습니다. 아침을 눈을 떠서는 성실하게 일을 하고, 휴일에 장을 봐서 요리를 만들고 음악을 듣는 그런 일상 말입니다. 가끔 이렇게 사는 게 과연 옳은 것일까, 비겁한 건 아닐까 하는 의문이 들기도 하지만, 모험에는 다 때가 있는 법이고, 지금의 나는 안온을 찾아야 할 때라 생각하며 어물쩍 넘어갑니다.

자, 어쨌든 금요일입니다. 머리 아픈 일은 월요일에서 목요일까지만. 대단한 일은 대단한 사람에게 미뤄두고 저처럼 평범한 사람은 금요일 오후엔 맛있는 음식과 함께 낮술을 마시겠습니다. 잭 존슨을 들으면서 말입니다. 이것 역시 인생을 건너가는 좋은 자세라고 생각합니다만.

∘ 복권에 당첨되더라도
글은 계속 쓰겠습니다

아 정말, 어떻게 이렇게 하나도 안 맞을 수가 있지? 마흔 개가 넘는 숫자 중에 제가 고른 숫자는 딱 하나가 있네요. 네, 복권 이야기입니다. 가끔 복권을 삽니다. 일 년에 두세 번 정도 사는 것 같습니다. 지난주에 열 장을 샀는데 모두가 꽝이네요.

아침에 산책을 할 때면 복권에 당첨된 걸 상상할 때가 있습니다. 돈으로 뭘 할까 하고 고민하는 것만큼 기분 좋은 일이 또 있을까요. 그런데 결국 내리는 결론은 '돈 걱정 안

해서 좋겠다'입니다. 그러다가도 '그럼 그만큼 딴 걱정이 늘어나겠지? 인생은 공평하니까 말이야' 하는 생각이 들면서 슬그머니 불안해지는 거죠. 제 배포가 고작 이 정도 밖에 안 되는 걸 어떡하겠습니까.

가장 큰 의문은 복권에 당첨돼도 나는 글을 쓸 것인가 하는 것입니다. '음, 돈이 많은데 굳이 글을 쓸 필요가 있겠어? 그냥 여행이나 슬렁슬렁 다니면서 사는 거지' 하고 생각하다가도, '매일매일 여행만 다니면서 살 수는 없는 노릇이잖아. 할 일이 없는 인간은 금방 늙어버리는 법이니까' 하는 생각도 듭니다(원하는 걸 원하는 때에 얻을 수 있다는 건 좀 지루한 일이지 않을까요).

아마도 수십억 원짜리 복권에 당첨된다 해도 지금 하는 일을 그만두지는 않을 것 같습니다. 언젠가 "우리 생의 마지막 순간에 결국 우리에게 남는 것은 우리가 이룩한 결과물이 아니라 최선을 다했다는 만족감 같은, 그런 기분이 아닐까"라고 쓴 적이 있습니다. 우리의 인생을 만족스럽게 하는 건 정상에 올려놓은 돌이 아니라, 돌을 힘껏 밀어 왔다는 느낌, 그것이라고 했죠. 지금까지 저는 글쓰기가 아닌 다른 일에서 그런 기분을 느낀 적이 없었던 것 같습니다.

얼마 전, 어느 독자에게 이런 말을 들은 적이 있습니다.

"작가님, 앞으로 계속 글을 써 주세요. 작가님 첫 책을 읽을 때 이십 대였는데, 이젠 사십 대가 됐어요. 작가님의 글을 읽으며 이 세상의 시간을 겪어가고, 이 세상이 살 만하다는 걸 느끼는 게 제겐 큰 보람이자 살아가는 데 힘이 된답니다."

그때 깨달았습니다. 제가 열심히 글을 쓰면 그것을 읽고 힘을 내는 사람이 있다는 것을요. 세상은 이렇게 이어져 있습니다.

걷기를 마치고 돌아와 노트북 앞에 앉았습니다. 몸에는 약간의 피곤함 같은 감각이 희미한 전류처럼 머물고 있습니다. 여행을 다녀와서 느끼는 기분과 비슷한데, 정확하게 설명할 순 없지만, 뿌듯함도 아마 이런 종류의 것이 아닐까 싶습니다.

제가 여기에서 글을 쓰면 어딘가에 있는 누군가가 힘을 얻습니다. 아, 정말 멋진 일이네요. 그만둘 수 없는 무언가가 있다는 것 역시 멋진 일이고요. 복권이 당첨된다고 해도 글을 쓰겠습니다.

。 해장의 묘미를
즐길 줄 압니다

나이가 든다는 게 싫을 때가 있습니다. 신호등의 초록색 불이 깜빡일 때, 예전에는 뛰어서 건넜지만 지금은 단정한 자세로 서서 다음 신호를 기다립니다. 멀티가 안 된다는 것도 가끔 아쉽습니다. 두 가지 일을 한꺼번에 못 하죠. 예를 들자면 껌을 씹으며 건널목을 못 건너요. 껌을 손가락에 쥐고 건널목을 건넌 후 다시 입에 넣어야 합니다. 농담이지만, 뭐 말하자면 그렇다는 것이죠.

주량이 눈에 띄게 줄어든다는 것도 정말 아쉬운 일이에요. 하루에 10ml씩 줄어드는 것 같습니다. 여름 뙤약볕 아래 물이 증발하듯 쪼그라들고 있습니다. 이제 막걸리는 한 병, 소주는 2/3병, 와인은 반병이면 충분합니다.

　　나이가 들어 오히려 기쁜 것도 있습니다. 젊을 때는 보이지 않았던 것이 보인다거나, 몰랐던 것을 알게 되는 게 그렇죠. 뭔가를 제대로 즐길 줄 안다는 것 역시 나이가 들어 알게 된 기쁨인데, 예를 들면 숙취 후의 한나절을 기분 좋게 즐길 수 있다는 것도 그런 종류죠. 숙취를 안고 간 사우나의 노천탕, 푸른 하늘 아래 뜨끈한 물에 몸을 담그고 눈을 감고 있으면 몸 구석구석까지 적혈구들이 돌아다니며 산소를 공급하는 것이 느껴집니다. 어느새 희미하던 두통도 사라지고요, 인생이 더 이상 클리어할 수 없다는 생각까지 듭니다.

　　사우나를 마치고 나와 막국숫집에 앉아 있습니다. 이 집 막국수는 달짝지근합니다. 지금 막국수의 본질과 원형, 참맛 같은 걸 다투는 건 아무런 의미가 없습니다. 중요한 건 이 집 막국수가 술 마신 다음 날 아침, 사우나를 마치고 먹으면 세상에서 가장 맛있는 막국수라는 것이죠. 지금 내 몸이 딱 원하는 막국수입니다. 동치미 국물을 붓고 양념을 골고루 섞은 후 국물 한 모금을 마십니다. 좋네요. 술 취해 드러누운 코끼리도 일으켜 세울 수 있을 정도입니다.

막국수 한 그릇을 다 비우고 빈 스테인리스 그릇을 탁자 위에 탁 하고 내려놓습니다. 입가에는 희미한 미소가 번집니다. 깨끗하게 비운 면기를 내려다보며 흡족해하는 인생이라니. 리처드 브로티건이 "때로 인생이란 커피 한 잔이 안겨주는 따스함의 문제"라고 했는데, 제게 인생이란 "술 마신 다음 날 막국수 한 그릇이 안겨주는 달달함의 문제"입니다. 사우나와 막국수가 주는 해장의 묘미를 모르던 그 시절은 그저 인생의 입구에서 얼쩡거린 것에 불과하다는 생각까지 드는군요.

숙취는 사라졌고, 노천탕에서 필사적으로 우물거리던 눈부신 문장과 빛나던 기획도 숙취와 함께 어디론가 날아가버렸지만, 뭐 괜찮습니다. 슬렁슬렁하다 보면 한평생 끝나는 거 아니겠어? 이렇게 생각하며 운전대를 잡습니다. 아무튼 사우나와 막국수를 제대로 즐길 수 있는 건 나이가 들어서야 가질 수 있는 덕목이라는 걸 다시 한번 확인할 수 있었습니다.

'일일시호일'이라는 말이
있습니다

오늘 새벽 레터를 쓰려는데, 커피가 뚝 떨어졌더군요. 찬장을 뒤져 보니 다행히 커피믹스가 하나 있었습니다. 생각보다 맛있더군요. 달달하니 좋았습니다.

찬장에서 커피믹스를 발견하는 것처럼, 불행 중에도 다행인 일이 반드시 있기 마련인 것 같습니다. 삶은 복잡하고 총체적인 것인 것 같아요. 돈을 많이 버는 일을 하고 있지만 그 일을 좋아하지 않아 불행할 수가 있고, 좋아하는 일을 하고 있지만 돈을 벌지 못해 고통을 받고 있을 수도 있죠. 삶은 하나의 일로만 이루어지지 않습니다.

지금까지 살아오며 불행 쪽으로만 촉수를 뻗었던 것 같습니다. 그게 가장 후회가 됩니다. 불행에는 여러 가지 이유가 있겠지만, 과거에 집착하고 미래를 두려워하는 것이 가장 큰 이유가 아닐까 싶어요. 끊임없이 과거에 얽매이고 미래에 대해 자신감이 없으니 지금 불행하다고 생각이 드는 것이겠죠. 오십이 넘은 지금이야 뭐, 현재를 최대한 즐기려고 합니다만.

어느 시기가 되면 앞으로 자신이 가질 수 있는 것과 가질 수 없는 것들이 무엇인지 대략이라도 알게 됩니다. 긍정과 포기가 동전의 양면처럼 딱 붙어있다는 것을 알게 되죠(이런 게 나이가 하는 일이겠죠.) 오십은 하나의 큰 전환점이어서, 앞으로 살아가는 데 무엇을 선택하고 무엇을 남겨 둬야 하는지를 선택해야 할 때입니다. 이 선택 이후에는, 아마도 되돌아가긴 힘들 겁니다. 기회가 없을 수도 있어요. 이전까지 가능했던 많은 일들이 불가능하게 될 것이고요.

하지만 좋은 점도 많습니다. 손쉽게 할 수 있는 일들

이 많아지고, 이전보다 참을성이 생기죠 그리고 겸허해집니다. 주위엔 진정한 친구만 남게 되죠. 되돌아갈 수 없으니 현재를 즐기는 게 중요하다는 것도 알게 됩니다. 인생은 '과거-현재-미래'로 이루어진 것이 아니라 '현재-현재-현재'의 연속이라는 걸 깨닫는 거죠. 그래서 과거의 불행이 떠오를 때면 운동화로 갈아 신고 좋아하는 음악을 들으며 걷습니다. 화창한 날은 화창한 날대로, 흐린 날은 흐린 날대로 걷는 재미가 있습니다. 편한 운동화를 신고 봄바람 속으로 걷고 있노라면 나이를 먹는 것 따위 눈곱만큼도 두렵지 않다는 자신감이 듭니다.

'태어난 김에 산다'라는 말이 있더군요. 뭐 어쩔 수 없이 일단은 열심히 살고 있습니다. 딱히 비장함 같은 건 없어요. 그래도 태어나길 잘했어, 그저 날마다 좋은 날이라는 마음가짐으로 살고 있습니다. '일일시호일日日是好日'이라는 말도 있죠. 단지 되돌아갈 수 없다는 이유만으로 우리는 오늘을 즐겁게 살아야 할 필요가 있습니다.

○   사는 덴 멋이라는 게
   끝까지 필요합니다

저는 지금 해 뜨기 직전의 바닷가에 있습니다. 새벽 다섯
시, 캠핑용 간이 테이블을 펴고 휴대용 버너를 켰습니다. 그
위에 커피가 가득 담긴 모카포트를 조심스럽게 올려놓았고
요. 커피를 끓이는 동안 삼각대를 세우고 카메라를 세팅합
니다. 얼마의 시간이 지나고 모카 포트에서 쉿, 쉿 소리가
나면 커피가 올라오기 시작했다는 뜻이죠. 주위는 순식간에
커피 향으로 은은해집니다. 모카포트를 조심스럽게 들고는
티타늄 컵에 커피를 따르고 한 모금 마십니다. 여행작가로
살아가길 잘했다는 생각이 드는 몇 안 되는 순간이죠.

국내 취재 여행을 다닐 때면 비알레띠 모카포트를 언제나 가지고 다닙니다. 에스프레소를 뽑는 도구죠. 작고 가벼워 휴대하기에도 부담이 없습니다. 1933년 이탈리아에서 처음 만들어진 이 아름다운 물건은 지금까지 그 모양이 거의 변하지 않았습니다. 직업이 여행작가이다 보니 새벽에 문을 나서는 경우가 많은데, 현지 취재지에서의 촬영은 대부분 해 뜨기 전부터 시작되죠. 아침에 에스프레소를 꼭 마셔야 정신을 차리는 습관을 가진 탓에 휴대용 버너와 비알레띠는 언제나 자동차 트렁크 속에 들어 있답니다. 커피는 되도록이면 케냐AA이지만 다른 것도 괜찮습니다. 새벽 다섯 시에 에스프레소 더블샷을 내려주는 카페가 있다면 좋으련만, 아직까지 그런 가게를 만나지 못했습니다.

여행작가로 살아오는 동안 세상이 많이 변했습니다. 펜티엄과 플로피 디스크, 워크맨, LP와 CD플레이어, 아이팟을 거쳐 챗GPT까지 왔네요. 앞으로 더 많이 더 빨리 변하겠죠. 그래도 새벽 바다에서 비알레띠로 커피를 내리고 있노라면 늙어가는 것이 별로 무섭지 않아요. 불에 그을리고 손잡이가 녹아내린 비알레띠를 물끄러미 바라보고 있노라면 어떤 용기 같은 것이 슬그머니 피어오른답니다. 비알레띠는 손잡이가 불에 그을린 것이 은근히 더 멋스럽거든요. 그 모습을 보고 있노라면 이 녀석은 끝까지 자신만의 멋을 지키고 사는군. 사는 덴 멋이라는 게 끝까지 필요한 법이지, 이런 생각이 든답니다.

바다는 옅은 분홍으로 물들어 가고 있습니다. 수평선 너머에서 흰 포말을 일으키며 파도가 밀려 옵니다. 방금 뽑은 커피를 마십니다. 아, 맛있습니다. 이 물건만은 변하지 않고 이 모습 이대로 남아 있다면 좋겠다는 생각이 드네요. 그다지 불편하지도 않은 데다 아직까지 커피를 이토록 맛있게 뽑아주는 주전자는 만나지 못했습니다. 해가 뜨네요. 이제 사진을 찍어볼까요. 지금 이 순간을 놓친다면 영원히 같은 장면을 만날 수 없을 테니까요.

사진을 찍고 남은 커피를 마저 마십니다. 버너 위 모카 포트가 멋있습니다. 모카 포트도 제게 '괜찮아, 넌 여전히 멋있어.' 이렇게 말해주는 것만 같네요. 역시 뭔가를 제대로 하기 위해서는 시간을 지나와야 하는 법입니다. 세상엔 서른 살짜리 남자애가 죽어도 이해하지 못할 멋이라는 게 있답니다.

◦　멋진 풍경을 만나면
　차를 세웁니다

운전을 한 지 오래됐습니다. 삼십 년이 넘었네요. 예전엔 빨리 달렸죠. 시속 150킬로미터는 예사로 밟고 다녔습니다. 여행작가로 일하다 보니 시간을 아껴야 했거든요. 목적지에 일찍 도착하는 것이 중요했습니다. 인생 역시 앞만 보고 달릴 때였죠. 지금은 아닙니다. 100킬로미터 속도 제한 구간에서는 90킬로미터로 달리고, 80킬로미터 제한 구간에서는 75킬로미터 정도로 달립니다. 액셀러레이터를 힘껏 밟아봐야 도착하는 시간에는 별 차이가 없다는 걸 알게 됐으니까요. 고속도로에서 엄청난 속도로 달리는 차를 볼 때마다 그래봐야 30분이지 하고 생각합니다.

지금은 적당한 속도로 달리며 창밖 풍경을 즐기는 게 좋습니다. 멋진 풍경을 만나면 차를 세우기도 하죠. 예전엔 목적지에 닿는 것, 그 자체가 운전의 이유였지만 지금은 운전보다는 도로 위에서 만나는 풍경, 여행을 하며 들르는 식당과 카페가 더 좋아요. 운전이 여행을 하기 위한 하나의 방법이자, 그 자체로 하나의 즐거움이 된 거죠. 카페에서는 지도를 펴고 가야 할 길을 살피거나 그곳에서 만난 사람들과 이야기를 나눕니다. 지금까지 지나온 길, 만났던 풍경, 맛보았던 음식 등에 대해 말입니다. 그 시간이 너무 즐겁습니다.

차에 대해서도 이야기를 나눕니다. 다들 좋아하는 스타일의 차가 있더군요. 어떤 이는 세단을, 어떤 이는 스포츠카를, 어떤 이는 올드카에 열광하더군요. 저마다 각각의 이유가 있었습니다. 멋진 차를 가지는 것도 좋은 인생을 만드는 방법이기도 하지만, 그에 버금가게 더 중요한 게 있다고 다들 그러더라고요. 예를 들면 음악 같은 거요. 저 역시 그렇게 생각합니다. 좋은 플레이리스트가 준비되어 있으면 웬만한 길은 지루하지 않게 갈 수 있습니다. 조수석에 어떤 사람이 앉아 있느냐도 여행에 많은 영향을 끼치겠죠. 물론 혼자라서 더 좋은 점도 많이 있답니다.

카페를 나와 출발하기에 앞서 연료 게이지를 확인합니다. 타이어와 라이트를 점검하고 와이퍼를 작동시켜 봅니다. 방향지시등과 브레이크도 정상이군요. 엔진 오일도 아직 괜찮아요. 운전을 오래 하다 보니 자연스럽게 이렇게 확인하는 습관이 들었습니다. 지금까지 별다른 사고 없이 운전을 해올 수 있었던 건 이런 작은 습관 때문이 아니었나 생각합니다.

목적지까지는 아직 많이 남았습니다. 또 어떤 풍경과 사람들을 만나게 될까요. 노면 상태를 유심히 살피며 조심스럽게 운전하려고 합니다. 좋은 음악을 들으며 멋진 풍경을 만나면 차를 잠시 세우기도 하면서 말입니다.

◦ 인생은 힘들지만
   하루는 지낼 만합니다

어제저녁 산책에서 돌아오는 길에 냉동실에 얼려 둔 굴이
생각나더군요. 가는 겨울을 기념하며 굴 파스타를 만들어볼
까 했는데, 동네 슈퍼에 달래가 들어와 있더라고요. 그래서
달래된장국으로 메뉴를 변경. 바지락과 소고기 토시살을 조
금 샀습니다. 바지락과 달래를 넣어 된장찌개를 끓이고 토시
살을 구워 저녁을 먹었습니다. 청주를 몇 잔 곁들여서요.

　늘 이런 식입니다. 애초에 계획했던 메뉴대로 먹은 게
없네요. 지난주만 봐도 그래요. 샌드위치를 만들려고 하다
가 소고기뭇국을, 보쌈을 먹어야지 했다가 쌀국수를 만들었

습니다. 매운 순두부찌개를 먹을까 했는데 만사 귀찮아서 요거트와 귤, 두유로 때운 날도 있고요. 그저께 저녁으로 생각해 둔 메뉴는 분명 고등어구이에 미소 된장국, 기린 맥주였는데 간장돼지불고기를 만들어 먹었죠. 대파와 양파를 잔뜩 썰어 넣었더니 맛있더군요.

일은 좀 '빡세게' 하는 편이지만, 일상은 대충슬렁얼렁 뚱땅 마음 가는 대로 보내는 편입니다. 책도 6~8권 정도를 함께 읽습니다. 이거 집었다가 저거 집었다가 합니다. 운동도 자주 빼먹습니다. 영 일관성이 없어요. 요즘 SNS를 보니 온통 동기부여, 챌린지, 자기계발과 관련된 말과 다짐, 방법들이 넘쳐 나더군요. 그런 걸 보며 약간은 되는대로 살면 좋겠다. 이런 생각을 할 때가 있습니다.

인생은 이를 악물고 열심히 뛴다고 꼭 성공하는 게 아니더라고요. 인생은 그렇게 만만한 게 아니에요. 그렇다고 조금 대충 산다고 망하는 것도 아닙니다. 인생은 그렇게 허술하지 않습니다. 절망에 빠져 오늘부터 망가질 거야! 그렇다고 그렇게 살아지는 게 또 아닙니다. 어떨 때는 인생이 당신 멱살을 잡아끌고 간답니다. 당신이 생각하는 것보다 인생은, 훨씬 더 이해할 수 없고, 아득하고, 신비롭고, 정체 모를 어떤 것입니다.

열심히 해야 하는 날도 있고 이를 악물고 버텨야 하는 날도 있습니다. 쉬어 가는 날도 있고, 요령껏 눈치껏 하는 날도 있는 거고요. 그것들이 다 모여서 인생이 만들어지는 것입니다. 당신이 열심히 했다면 열심히 한 이유가 있었을 것이고, 요령을 부렸다면 분명 그럴 만한 이유가 있었을 겁니다. 어느 날 뒤돌아보았을 때 '이만하면 괜찮은데' 하며 고개를 끄덕일 정도면 좋은 것 같습니다.

너무 무리하지 말고, 조금은 즐기면서 하루하루를 지나 봅시다. 인생은 힘들지만, 하루는 지낼만하니까요. 지난주 메뉴를 되짚어 보니 뭐 계획대로 한 건 없지만, 결론적으론 '맛있게 잘 먹었습니다'입니다. 흡족합니다.

。　　재능 있는 사람도 좋지만
　　　쿨한 사람이 더 좋습니다

"한정된 목적은 인생을 간결하게 한다."
무라카미 하루키가 그의 소설 『색채가 없는 다자키 쓰쿠루
와 그가 순례를 떠난 해』에서 이렇게 썼더군요. 이 문장 앞
에서 오랫동안 멈춰 서 있었습니다. 한정된 목적이라…….
글쎄요, 목적 또는 목표가 과했던 적은 없었던 것 같습니다.
언제나 빈약한 것이 문제라면 문제였죠.
　　그러고 보니 저는 혼자서 심플하게 살아가는 쪽을 좋
아하는 것 같습니다. 저란 인간은 단체나 모임, 동호회, 그
룹 같은 것에는 그다지 어울리지 않는 사람은 아니에요. 약

간 동안의 직장생활과 여행작가 생활 이십여 년을 하며 깨닫게 된 사실이에요. 사람과 어울리는 게 싫은 건 아니지만, 함께 일을 하는 건 뭔가 부자연스럽고 불편해요. 그런 점에서 여행작가라는 직업은 잘 선택한 것 같습니다.

여행작가가 어떤 일을 하냐면, 단순하게 말해 사진을 첨부한 여행 보고서를 쓰는 일을 합니다. 거짓말 같지만 이게 전부예요. 혼자 기차나 비행기를 타고 여행지에 가서 현지인 또는 여행자들과 몇 마디 이야기를 나누고 밥을 먹고 슬그머니 셔터를 누르고 돌아오는 것이 여행작가의 일입니다. 돌아와서는 짐을 꾸려 다시 떠나죠.

낯선 여행지의 호텔에서 졸린 눈을 비비며 지난 여행에 대한 보고서를 씁니다. 사회생활이라고는 가끔 동료 작가들과 어울려 술이나 마시고 수다나 떠는 게 전부죠. 뭐, 그 정도면 충분하다고 생각합니다. 그런 일을 하는 틈틈이 자전거를 타거나 도서관에 갑니다. 산책을 하고, 음악을 듣고, 책을 읽고, 파스타를 만들어 먹죠. 제 대부분의 시간은 이렇게 이루어져 있습니다.

이따금 돈이 좀 많았으면 좋겠다는 생각은 듭니다. 돈

을 많이 벌기는 싫고(그러기 위해서는 열심히 일해야 하니까요), 그냥 많았으면 좋겠습니다. 그럴 때면 로또를 사죠. 물론 지금까지 당첨되어 본 적은 없어요. 가끔, 아주 가끔 질투가 날 때도 있는데, 좋은 여행기나 멋진 사진을 볼 때, 내가 오랫동안 꿈꿔온 여행을 떠나는 다른 작가들을 볼 때면 그렇습니다. 그럴 때면 삶을 행복하게 만드는 건 재능보다는 쿨함이라고 생각하며 오늘 저녁에 뭘 만들어 먹을까 하고 고민해 버리는 쪽을 택합니다. 외로울 때가 자주 있지만, 아름다운 것들은 모두가 외롭다라고 생각하며 프라이팬을 달구고 파스타 면을 볶는 것으로 견딘답니다. 음, 이렇게 써놓고 보니 약간은 대책 없고, 제멋대로인 삶이군요.

다시 앞으로 돌아가서, 저는 단체나 모임, 동호회, 그룹 같은 일에는 그다지 어울리는 사람이 아닙니다. 아, 오해하지 마세요. 이런 활동을 열심히 하는 이들을 비난하는 것이 아닙니다. 하루키 영감이 말했듯이 "세상에는 현악 사중주곡을 만드는 인간이 있는가 하면, 상추나 토마토를 재배하는 인간도 있는 법"이니까요. 그러니까 저는 '독고다이'가 어울리는 인간인 것입니다.

'알아두면 좋을 사람'들 사이에서 마음이 피곤할 때가

있죠. 차라리 '색채가 없는' 외톨이가 되는 것이 나을 것 같아서 푸념해 봤습니다.

한정된 목적은 인생을 간결하게 하고, 간결할수록 인생은 행복할 확률이 높은 것 같습니다.

○　　자주 웃고, 맛있는 음식을 먹고
　　서로를 응원합시다

연휴 동안 새 책의 마무리 작업으로 정신이 없었습니다. 봄
은 어느덧 깊어서 사무실 창문 밖으로 보이는 버드나무는
짙은 초록으로 물들어 있었습니다. 신간 표지에 들어갈 카
피 문구를 다듬고 있는데 후배에게서 메시지가 왔습니다.
평소 메시지를 잘 보내지 않는 후배인데 무슨 일일까 싶어
얼른 메시지 함을 열었죠.

　　선배, 요즘 저는 너무 아등바등 사는 게 아닌가 하는 생
　　각이 들어요. 다른 사람들이 "그렇게 안 살아도 다 살아

진다"라고 하던데 그 말을 듣고 마음이 안 좋았어요. 제가 너무 못 즐기고 사나 하고요.

그 메시지를 보면서 '즐기면서 사는 게 뭘까?' 하는 생각이 들었습니다. 인생에서 즐거운 순간은 얼마나 될까. 제 경험상 인생은 대부분 힘들고 잠깐 즐겁다는 것입니다. 어느 연구에서도 인간이 평생 웃는 시간은 고작 한 달밖에 되지 않는다고 하더군요. 사람들은 그 잠깐의 즐거움을 위해 고된 시간을 견뎌내고 있습니다. 후배에게 이렇게 답장을 보냈습니다.

사는 게 원래 그런 거야. 다들 아등바등 살고 있을걸. 스티브 잡스도 살아있을 땐 얼마나 아등바등 살았는데 뭘. 내가 보기엔 머스크도 아등바등 살더라.

그리고 덧붙였습니다.

인생은 아등바등이 디폴트임.

주위에 여행 인플루언서들이 많습니다. SNS에서 보는

그들의 일상은 여유 그 자체죠. 언제나 멋진 식당에서 맛있는 음식을 먹고 있고, 고급 리조트를 여행 중이더군요. 많은 이들이 그들의 삶을 부러워지만 저는 그들이 얼마나 열심히 일하는지 알고 있습니다. 한 장의 사진을 위해 수십 컷에서 수백 컷을 찍죠. 그러는 동안 음식은 다 식어 버리고요. 우리가 보는 건 수백 장 중에 건진 한 컷일 뿐입니다.

어느 유명한 유튜버와 함께 해외 취재를 간 적이 있습니다. 비행기를 두 번이나 갈아타고 기차와 버스를 번갈아 타고 장시간 이동해야 하는 힘든 여정이었죠. 긴 여정 끝에 호텔에 도착한 저는 짐을 던져놓고는 침대에 바로 누워버렸지만, 훗날 그 유튜버의 영상을 보니 비행기에서 졸린 눈을 비비며 일어난 것부터 호텔에 들어가 침대에 눕기까지 계속 영상을 찍었더군요. 열흘 간의 일정 동안 그가 일(촬영)하는 것을 보며 나는 절대로 유튜버는 못 하겠다는 생각이 들었습니다.

연휴 내내 바빴습니다. 미팅을 했고, 교안을 만들었고, PPT 자료를 만들었고, 원고를 썼습니다. 휴일인데 왜 이렇게 바쁜 거지? 한숨이 나오더군요. 그렇지만 대부분의 사람들은 저를 세계를 여행하는 한가로운 여행작가로 기억할 뿐이죠.

지금은 새벽 5시 40분입니다. 여행작가의 삶도 이 글을 읽는 여러분과 다르지 않습니다. (안 그런 척하지만 저도) 아등바등 살고 있습니다. 물론 여러분도 그렇다는 걸 저도 알고 있습니다. 그러니까 우리, 사소한 즐거움을 빼놓지 말고 챙깁시다. 자주 웃고 맛있는 음식을 먹고 그리고 서로를 응원합시다.

°　　단골 술집에서 주인아저씨와
　　　야구 이야기를 하며 힘을 냅니다

제가 사는 집 건너편에 단골 술집이 있습니다. 그래 봐야 한
달에 두세 번 정도 갑니다. 가라아게나 쿠시카츠 같은 튀김
요리를 시켜 놓고 생맥주나 소맥을 마시다가 옵니다. 아무
래도 집에서는 튀김을 하기가 여러모로 번거로우니까요. 주
인장은 손님이 없을 때면 제가 좋아하는 노래를 틀어줍니
다. 저는 박자에 맞춰 손가락을 두드리며 생맥주를 마십니
다. 가끔 메뉴에 없는 안주를 만들어 슬쩍 건네주기도 하죠.
제가 일본 출장을 다녀올 때면 카스텔라 같은 걸 사다 드릴
때도 있습니다.

역 앞에 자주 가는 두부 집이 있습니다. 파주 장단콩으로 직접 만든 두부와 콩물, 청국장 등을 팝니다. 두부가 정말 고소합니다. 따뜻한 육수에 담가 물두부를 만들어 먹기도 하고, 차가운 그대로 계란 간장을 살짝 뿌리고 실파를 올려 맥주 안주로 먹기도 합니다. 두부광인 저로서는 고마운 곳이죠. 여기도 한 달에 서너 번 정도 갑니다. 어제도 콩물 한 병을 사 왔습니다. 오늘 점심에 콩국수를 만들어 먹으려고요.

집 건너편에 자주 가는 카페가 있습니다. 제가 주로 원고 작업을 하는 곳입니다. 아침 8시 정도에 가는데, 텀블러를 내밀면 뜨거운 커피 스몰 사이즈를 담아줍니다. 그저께는 새로운 직원이 와서 톨 사이즈의 커피를 담았더군요. 그냥 받아서 제가 매일 앉는 자리에 앉아 작업을 하고 있는데 직원이 허둥지둥 달려왔습니다. 스몰 사이즈인데 톨 사이즈로 계산했다면서 사과를 하고 다시 계산하겠다고 하길래, 오늘은 톨 사이즈를 마시려고 했다고, 괜찮다고 했습니다. 어제는 그 직원이 "오늘은 스몰 사이즈로 드릴게요" 하며 웃으며 말하길래 저도 "감사합니다"라고 답하며 웃었습니다.

이젠 술집 주인과는 약간 친해져서 음악이나 음식에 관한 이야기를 나누기도 합니다. 두부집 아주머니는 언제나 웃는 얼굴로 저를 맞아주시죠. "오늘은 두부일까요? 콩물일 까요?" 하고 물으실 때마다 '참 괜찮은 장소에 살고 있구나' 하는 걸 느끼곤 합니다. 말하지 않아도 같은 커피를 준비해 주는 카페는 거실처럼 편안해서 작업이 잘 됩니다.

하루가 참기 힘들 정도로 어려울 때가 있죠. 모든 일 이 잘 풀린다면 좋겠지만 대개의 삶은 그렇지 않습니다. 삶 은 우리에게 매일 아침마다 해결해야 할 뭔가를 던져주죠. 우리 모두는 각자의 방식으로 그 문제를 해결하며 하루하루 를 살아갑니다. 때론 눈물을 꾹 참아가면서 말이죠. 저 역시 그렇습니다. 그렇게 힘든 하루를 보내고 난 후면 기진맥진 한 몸을 이끌고 단골집으로 갑니다. 맥주를 마시며 술집 아 저씨와 야구 이야기를 하거나, 두부를 사 와서 뭔가를 만들 다 보면 마음이 조금은 괜찮아지는 것 같거든요.

술집을 나와 깜빡이는 가로등을 지나 집으로 돌아올 때, 두부가 든 비닐봉지를 달랑거리며 편의점에 들러 맥주 를 살 때, 이들도 나처럼 기진맥진한 하루를 보내겠지, 그래도 아무렇지도 않은 척하고 있구나 하고 생각합니다. 힘들지만 서로를 향해 웃어주는 것, 그게 이 세상을 살아가는 태도가 아닐까 합니다. 언젠가 이들이 힘들 때면 제가 쓴 글을 읽고 조금이라도 기운을 낼 수 있다면 좋겠습니다.

○   숨이 막혀올 때
    두 번째 바람이 붑니다

'숨이 막혀올 때, 두 번째 바람이 분다.'

마라톤을 하다 보면 '사점'이 찾아온다고 합니다. 사점은 말 그대로 데드 포인트dead point라고 하는데, 산소 부족으로 숨이 가빠지고 눈앞이 흐려지며 고통이 몰려오는 순간을 일컫습니다. 야금야금 조금씩 찾아올 때도 있고 한순간 갑자기 찾아오는 경우도 있습니다.

이 사점을 극복하지 못하면 페이스가 급격하게 느려지거나, 혹은 심한 경우 완주를 포기하지만, 이 시기를 지나면 고통이 사라지고 다시 호흡이 편안해지며 완주할 수 있

다고 합니다. 이 상태를 세컨드 윈드second wind, 두 번째 바람
이라고 합니다.

　　마라톤을 완주했다는 건 이 사점을 두세 번 극복했다
는 것입니다. 두 번째, 세 번째 바람을 느꼈다는 것이죠. 마
라토너들은 자기 자신만의 사점 극복 방법이 있다고 합니
다. 호흡 방법을 달리해 본다든지, 보폭을 바꾼다든지 아니
면 이를 악물고 버티는 방법도 있고요.

　　숨 막히는 이 순간을 조금만 더 견디고 나면, 조금만
더 달리다 보면 두 번째 바람이 불어올 것이라 믿으며 오늘
도 하루를 건너갑니다.

° 이젠 몸의 감각을
따라가야 할 때입니다

절망스러운 나날이 계속될 때가 있었습니다. 그 속에서 빠져나오는 데 제법 걸렸어요. 정신과에도 다니고 여행도 다니고 별별 방법을 다 써보았죠. 그런데 해결 방법이 의외로 간단하더라고요. 채소와 과일을 많이 먹고 꾸준히 걸었습니다. 정해진 시간에 잠자리에 들었고요. 그리고 주변 청소를 깨끗하게 했습니다.

그렇게 서서히 예전의 감각을 회복하면서 어두운 절망의 터널을 빠져나왔습니다. 우리의 정신을 지탱하는 것은 육체의 컨디션과 주변 환경이라는 것을 알게 됐죠. 절망감을 느끼는 건 염분과 철분, 당분이 부족하기 때문이더군요.

타고난 체력은 삼십 대까지인 것 같아요. 사십 대 이후부터의 체력은 만들고 관리해야 하는 영역입니다. 오십은 지난 세월의 식생활에 대한 청구서를 받는 나이입니다. 갑자기 파업을 일으킬 수도 있어요. 오십이 되어서도 체력이 좋다는 건 그가 그만큼 성실하다는 증거일 것입니다.

체력이 안 되면 짜증이 나고, 인내심은 약해지고, 승부 따위에는 관심이 없어지죠. 일어날 비극은 어차피 일어납니다. 그 비극을 버티려면 피지컬이 따라줘야 하지 않을까요. 삼십 대까지는 '영감'으로 글을 쓰고, 사십 대까지는 '마감'으로 글을 쓰지만, 오십 대에 글을 쓰게 하는 건 '기력'이랍니다. 영감이 오더라도 잡을 힘이, 마감까지 버틸 기력이 있어야겠죠. 배우 하정우도 책 『걷는 사람, 하정우』에서 이렇게 말했더군요.

"나는 단호하게 말할 수 있다. 내가 아는 한 좋은 작품은 좋은 삶에서 나온다. 나는 좋은 작품을 만들기 위해 건강한 삶을 살려고 노력 중이다."

우리가 바꿀 수 있는 것 중, 가장 가까이 있고 쉬운 것이 우리의 몸인 것 같습니다. 꾸준히 걷고, 차를 마시고, 배부르지 않게 먹고, 일정한 시간에 잠자리에 드는 것만으로도 인생의 많은 것들이 좋아진다고 믿습니다. 매일 아침 한 시간씩 운동을 하는 사람은 절대 실패하지 않습니다.

마음이 깃들고 싶도록 몸에게 친절합시다. 지금 힘들다면, 연어나 소고기, 샐러드, 된장국을 배부르게 먹고 디저트도 먹은 다음 한숨 푹 자도록 합시다. 이젠 마음이 아니라 몸의 감각을 따라가야 할 때니까요.

○   작은 반짝임에
경탄할 줄 압니다

오늘도 원고지 3매를 썼고 만 보를 걸었습니다. 지금 작업
하고 있는 책의 교정지 100매를 보았고 한 시간 동안 책을
읽었습니다. 할 일에 집중하다 보니 어느새 점심시간이 되
고, 이런저런 일을 처리하다 보니 창밖으로 노을이 지고 있
더군요. 사무실을 나와 주변을 한 바퀴 걸었습니다.

산책을 하며 가끔 사는 일에 대해 생각할 때가 있습니
다. 하루하루를 정성 들여 보내고 홀가분하고 죄책감이 없이
잠드는 일, 아침에 일어났을 때 아무런 고민이 없다는 것이 얼

마나 행복한 일인지, 단순함에서 맞이하는 행복과 여유, 그것에 감사하는 것이 얼마나 벅찬 일인지 새삼 깨닫곤 합니다.

산책을 마치고 캔맥주가 든 비닐봉지를 들고 집으로 돌아가는 길입니다. 빌딩 위에 뜬 희미한 별을 발견하고 웃음 짓습니다. 새로운 일을 맞닥뜨리고 모험 같은 하루를 사는 것도 좋지만, 이제는 평범한 하루가 변함없이 펼쳐지고 있다는 사실에서, 지구는 여전히 같은 속도로 자전하고 있다는 사실에서 행복을 느낍니다.

삶은 영원하지 않습니다. 어느 날 문득 생生의 황혼 앞에 선 자신을 발견하게 될 것입니다. 잘 찾아보면 그 하늘 한 귀퉁이에서 반짝이는 별을 발견할 수 있을 것이고요. 그 반짝임을 경탄하고 즐기는 일, 그것이 우리에게 주어진 삶을 제대로 누리는 방법일 것입니다.

2장

**때로는 하루를
여행처럼**

"살다 보면 도망이 필요할 때가 있는 법이죠"

◦ 가지볶음 한 접시에서
　　풋내 가득한 행복감을 느낍니다

제가 가장 좋아하는 채소는 가지입니다. 여름을 기다리는
이유 중 하나죠. 가지를 마음껏 먹을 수 있으니까요. 어제
미팅을 마치고 집으로 돌아오는 길, 동네 슈퍼에 뭐가 있나
하고 들렀더니 가지가 수북하게 쌓여 있더군요. 반가운 마
음에 한 봉지를 덥석 집어 들었습니다. 다섯 개가 들어 있었
습니다.

　　계란 물을 살짝 발라 가지전을 만드는 것도 좋고, 양
송이버섯과 양파를 함께 넣고 간장볶음으로 만드는 것도 좋
은데……음, 뭘 만들어 먹을까 하고 고민하다가 결국 둘 다

만들기로 했습니다. 가지는 넉넉하니까요. 그리고 가지는 냉장고에 보관하면 안 됩니다. 사 온 가지는 전부 요리로 만들어 보관하는 것이 낫습니다. 가지를 냉장고에 넣으면 차가워서 쪼그라들거든요.

양파와 양송이버섯을 대충 썰어 기름을 두른 프라이팬에 볶다가 가지를 넣었습니다. 그렇게 볶다가 간장과 굴소스, 참기름을 넣었고요. 물엿을 넣어주면 좋은데 없네요. 그래서 돈가스 소스를 한 큰술 넣었습니다(돈가스 소스는 마법의 소스랍니다). 전 요리를 대충 하는 편입니다. 없으면 없는 대로 만듭니다. 그래도 먹을 만하더군요. 간장과 소금을 넣고 식용유에 볶으면 웬만한 건 다 맛있다. 요리를 하며 배운 겁니다. 남은 가지는 계란물을 묻혀 구웠고, 남은 계란은 양파를 다져 넣고 스크램블로 만들었습니다.

자, 이제 먹어볼까요? 미리 냉장고에 넣어 차갑게 만들어 둔 맥주잔을 꺼내 캔맥주를 따릅니다. 천천히 주의 깊게 거품이 알맞게 올라오도록. 코끝으로 맥주 향이 희미하게 올라오고, 바로 꿀꺽꿀꺽 마십니다. 맥주 첫 모금은 터프하게 마실 수록 좋습니다. 약간 난폭해도 됩니다. 시원한 맥주가 목을 타고 콸콸콸 넘어갑니다. 아, 좋다! 그리고 가지

간장볶음 한 젓가락. 콧속으로 감미롭게 스며 올라오는 달콤한 간장 냄새와 가지의 풋내. 드디어 여름이군!

그 계절에 나는 재료로 요리를 만들 수 있다는 건 즐거운 일입니다. 겨울엔 스지와 무를 넣어 만든 오뎅탕에서 느끼는 따뜻한 흡족함이 있고, 여름엔 가지볶음에서 얻는 향긋한 행복감이 있습니다.

이번에는 가지 구이를 먼저 먹고 맥주를 한 모금 마십니다. 부드러움 속에 은근한 향이 숨어 있군요. 만족스러운 맛입니다. 가지볶음은 아직 많이 남아 있고, 냉장고에는 맥주가 가득합니다. 행복이란 뭘까요. 행복이란……, 행복이란 뭘까 하고 생각하지 않는 것이 아닐까요. 아무튼 좋은 여름 저녁입니다.

◦ 저녁 식탁에서는
하루의 실수를 잊습니다

일을 하다 보면 실수를 할 때가 있죠. 어쩔 수 없는 실수도 있지만, 그래도 실수는 실수라서 실수를 저지르고 나면 열패감과 실망감이 드는 게 사실이죠. 아직 멀었구나, 아 나는 이것밖에 안 되는 인간이었나, 하는 생각과 함께 실의에 빠지곤 합니다.

이런 날에는 주방으로 후다닥 도망갑니다. 주방만큼 도망가기 좋은 장소는 없죠. 오늘도 실수를 하고 주방으로 왔습니다. 주방에 서서 팔짱을 낀 채 주방 벽에 걸려 있는 조리 노구들을 봅니다. 냄비, 국자, 집게, 프라이팬, 냄비 받침, 찜기 등 각자의 자리에 믿음직하게 자리 잡고 있는 이것들을 보고 있으면 모두에겐 주어진 각자의 일이 있고, 성실하게 자신의 일을 하고 있구나 하는 생각이 듭니다. 별달리 쓸 데가 있을까 하는 약간의 의문이 드는 것도 있지만, 세상에 필요 없는 물건은 없다는 것을 주방 도구는 가르쳐 줍니다.

아무튼 오늘은 뭘 만들어 볼까 고민하는데, 사각 팬이 눈에 띄는군요. 저요, 하고 손을 번쩍 듭니다. 오, 그렇지 계란말이! 계란말이는 누구나 만들 수 있는 음식이죠. 계란 서너 개를 커다란 볼에 풀어서 잘 저어주고, 프라이팬에 얇게 펼친 후 적당히 익을 때마다 감아주기만 하면 되니까요. 저는 계란을 풀 때 참치액 약간을 넣는데, 이러면 호프집에서 파는 계란말이 맛이 난답니다.

자, 다 됐습니다. 여기 어른 손바닥만 한 큼직한 계란말이가 있습니다. 붉은색 당근이 보기 좋게 박혀 있네요. 먼저 시원한 맥주 한 잔을 마십니다. 그리고 계란말이 한 점. 부드러운 감촉과 달콤한 맛이 입속에 가득 찹니다. 계란말이의 상냥함과 다정함이 오늘의 실수를 위로해 주는 것 같네요. 맥주를 한 잔 더 마시고 계란말이 한 점을 다시 입으로 가져갑니다. 부드럽지만 꽉 찬 맛입니다. 조용한 응원과 격려가 느껴지는 맛이라고 할까요. '오늘의 실수일 뿐이지. 내일의 실수는 아니잖아. 저녁 식탁에서는 실수를 잊자' 하고 누군가 어깨를 두드려 주는 것 같습니다.

열패감이 들 때는 주방으로 가보세요. 가서 뭔가 맛있는 걸 만들다 보면 용기를 회복할 수 있을 겁니다.

°   생각지 못한 돈이 생기면
     좋은 와인을 삽니다

오늘 예상치 못한 돈이 들어왔습니다. 제 글이 어느 참고서
에 실린 모양인데, 거기에 따른 저작권료가 들어온 것이었
습니다. 잊고 있었던 원고료도 약간 들어왔고요. 큰 금액은
아니지만 생각지도 못한 돈이라 기쁨이 컸습니다. 이 돈으
로 뭘 할까 궁리하다가 와인을 사기로 했습니다(돈을 어디에
쓸까 궁리하는 일은 언제나 기분이 좋습니다). 동네에 가끔씩 가는
보틀샵이 있는데, 주인이 추천하는 와인을 가져오기로 한
거죠. 새 운동화를 신고 향수도 살짝 뿌리고 현관을 나섰습
니다(기분을 더 좋게 만드는 방법입니다).

     보틀샵까지 가는 길은 늘 정해져 있는데, 오늘은 한

번도 안 가본 길을 따라 걷기로 했습니다. 연립주택 사이를 걷다 보니 독립책방 겸 카페가 있더군요. 처음 발견한 곳입니다. 책 한 권을 사고 커피를 마시며 앉아 있었습니다. 음악은 하이든의 현악이더군요. 조금 앉아 있으니 비가 내리기 시작했습니다. 장마가 시작됐다는 뉴스를 며칠 전 들었습니다. 책을 읽다가 커피를 마시다가 가끔 창밖을 바라보며 음악을 들었습니다. 카페 앞 사철나무가 빗물을 튕겨내고 있었습니다.

어느덧 비가 옅어지고, 카페 옆 편의점에서 비닐우산을 사서 보틀샵까지 걸었습니다. 우산 끝에서 빗물이 졸졸 흘러내렸습니다. 내게는 우산이라도 있는데 새들은 어디서 비를 피하나, 문득 이런 생각이 들더군요. 새들은 어느 거처에서 날개를 접고 이 비를 바라보고 있는 것일까. 큰 눈을 깜빡이며 숲속의 비를 바라보는 새들이라…… 이런 풍경도 신비라면 신비일 것인가.

이런저런 생각 끝에 보틀샵에 도착해 주인이 가지고 가라고 하는 와인 두 병을 가방에 담았습니다. 제 게으름으로서는 세상에 이루고 싶은 특별한 소원이나 야망은 없습니다. 아, 하나가 있다면 나중에, 생과 미美에 대한 감각이 더 둔탁해지기 전에, 백자 항아리 하나를 사서 선반에 두고 물 끄러미 바라보는 시간이나 가졌으면 하는 것 정도일까요. 새들이 고개를 갸웃하며 숲을 응시하는 마음으로 말입니다. 가방 속에 든 와인이 걸음에 맞춰 달그락거렸고 산등성이 너머로 비구름이 조금씩 물러나고 있었습니다.

○ 싱싱한 채소를 고르듯
　　지금을 충실히 살아가려 합니다

가끔 동네 슈퍼에 들러 시장을 봅니다. 한 달에 한두 번 마
트에 가서 잔뜩 장을 본 후 냉장고에 쟁여 두고 사는 스타일
이 아니라, 퇴근길에 들러 비닐봉지 한두 개 정도로 필요한
만큼만 조금씩 사죠. 비닐봉지에는 주로 양파나 양송이버
섯, 당근, 애호박, 방울토마토, 두부 등을 담습니다. 요즘 가
장 많이 사는 채소는 가지입니다. 오이와 감자도 담아 보려
하지만 잘 안되네요. 골고루 먹으려고 노력하는데도 싫은
건 여전히 싫은 겁니다. 나이가 들어도 고쳐지질 않습니다.
특히 오이는 정말이지.

진열대에 가득 쌓인 채소 더미에서 좋은 걸 고르다 보면 살아있다는 감각을 느끼곤 합니다. 땅에 발을 붙이고 살고 있다는 걸 느낀다고 할까요. 오늘은 가지가 싱싱한 걸, 양파 가격이 내렸군, 한 묶음에 네 알이 들어 있어, 지난주까진 세 알이었는데 말이야. 시금치를 보니 갑자기 시금치 파스타를 만들어 먹고 싶어지네. 5월보다 7월에 방울토마토가 훨씬 더 달고 향이 진하다는 걸 아는 것, 가끔 목록에 없던 재료를 충동구매 하는 것, 그건 삶이 건강하다는 증거인 것 같습니다. 건강한 삶의 기본은 식욕이거든요.

장을 본 후 집으로 오는 동안 머릿속으로 저녁에 만들 요리를 미리 그려봅니다. 마늘과 양파를 썰어 식용유에 볶은 다음 가지를 넣은 후에(아니, 돼지고기를 먼저 넣어야지), 진간장 둘에 굴 소스 둘에 맛술 하나······양파를 썰 때는 계란말이용으로 쓸 것도 조금 만들어 두자, 국물은 미역과 두부를 조금 넣고 미소된장국을 만들면 될 것 같아, 씻는 동안 맥주는 냉동실에 넣어두는 걸로······ 이렇게요.

낮 동안 열심히 일하고 동네 술집에서 생맥주에 간단한 안주를 먹고 오는 것도 좋지만, 동네 슈퍼에서 몇 가지

식재료를 사 와서 계절에 맞는 요리를 만들어 맥주와 함께 먹는 것도 즐거운 일입니다. 군이 행복이라고까지 말하는 건 조금 오버일 수도 있겠지만, 뭐랄까요 편안하고 안락한 기분이 든다고 할까요, 딱 그 정도의 감정이 들어 좋습니다.

가지볶음을 앞에 놓고 좋아하는 영화를 보며 맥주를 마시고 있노라면 모든 것이 순조롭게 지나가는 것 같습니다. 인생의 후반은 천천히 달리며 서야 할 정거장에 정확하게 섰다가 다시 출발하는 전철 같아야 좋지 않을까. 이렇게 생각합니다. 창밖으로 스쳐 가는 저녁의 풍경을 바라보며 아, 이번 생은 별 탈 없이 잘 지나가고 있구나, 하고 생각하는 거죠.

여행작가로 살아오며 젊은 시절 많은 모험을 겪었습니다. 그땐 하루하루가 롤러코스터를 탄 것 같았죠. 물론 좋은 경험이었지만, 지금 와 생각해 보면 그것들이 지금의 삶보다 더 가치 있는 것들은 절대 아니었습니다. 나이가 들고 보니, 아마존을 탐험하는 것과 동네 슈퍼에서 저녁에 먹을 양배추를 고르는 것은 크게 다르지 않은 일이더라고요. 삶은 한순간이 아니라 우리가 살고 있는 시간의 전체니까요.

우리는 삶이라는 하나의 커다란 흐름 속에서 작은 시간을 계속해서 살고 있는 것이거든요.

아직 살아가야 할 날들이 남아 있고 미래에 또 어떤 세계가 펼쳐질지는 알 수 없지만, 싱싱한 채소를 고르듯 지금 내 앞의 작은 시간 시간을 충실하게 살아가다 보면, 어느 훗날 우리가 원하는 장소에 내려 웃을 수 있을 것입니다.

○   때로는 여행 같은 하루를
      만듭니다

전철을 타고 학여울역으로 가고 있습니다. 파주에서 두 시간이 걸리는 여정입니다. 역사 벤치에 앉아 전철을 기다리고 있는데 어디선가 바람이 불어와 목과 팔을 어루만지며 시원하게 맴돌다 갔습니다. 아, 이런 바람, 문득 생이 있음을 깨닫게 하고 생에 몰두하게 만드는 바람. 바람 한 점에 두 시간이나 가야 한다니 하던 걱정은 사라지고 기분이 좋아졌습니다. 학여울이라는 이쁜 이름을 가진 역이 있었구나.

다프트 펑크를 들으며 토요일 한낮의 전철을 타고 가고 있습니다. 농구공을 들고 운동복을 입은 중학생들이 종달새처럼 재잘거리고 있고요, 전철 차창으로는 짙은 녹음이 스쳐 지나갑니다. 여름 속을 헤엄쳐 가는 느낌이 드네요. 학여울역에서는 사케 시음회가 열리는데요, 3만 원이면 마음껏 사케를 마실 수 있다고 합니다. 운정역雲井驛. 그러니까 '구름이 지나가다가 물끄러미 멈추고 자신을 내려다 보는 우물'에서 '학이 사는 개울'까지, 술을 마시러 가는 여정이라니요.

　　전철은 봄을 지나 여름 쪽으로 덜컹거리며 갑니다. 좋은 사케 한 병을 사 와야지. 곧 포도가 날 것이고, 복숭아와 자두를 깨물 수 있을 테니까 말이야. 노을을 바라보며 시원한 사케를 마실 생각을 하니 벌써부터 입에 침이 고입니다. 올여름에는 '여름엔 여름이라서 기쁘다'라는 제목의 글을 써야겠다고 생각하며 발끝을 까딱입니다. 다프트 펑크를 들으며 가는 여행 같은 하루입니다.

◦　　루틴이 깨질 때도 있지만
　　　그것 역시 생활의 일부입니다

최근 한 달 동안 생활 리듬이 조금 무너졌습니다. 술 약속이
이어졌고, 일 때문에 스트레스를 받으며 엉망인 음식을 계
속 먹었거든요. 어제는 이건 아닌데 하는 생각이 들었습니
다. 몸 컨디션이 너무 안 좋아졌으니까요. 이젠 뭔가 어긋나
면 마음보다 몸이 먼저 알아차리는 나이가 됐습니다.

　　예전 같으면 스스로를 나무라며 자책했겠지만, 요즘
은 이제 슬슬 제자리로 돌아갈 때가 됐나 보다, 그동안 너무
방탕하게 살았어 하고 가볍게 생각해 버리고 맙니다. 규칙
을 정하고 그 규칙에 따라 성실하게 생활하는 건 좋은 일입

니다. 저 역시 작가로 생활하며 제가 만든 루틴을 지키려고 부단히 노력하고 있으니까요. 하지만 아무래도 사람이다 보니 그 루틴이 깨질 때가 있죠. 그럴 땐 그냥 편하게 받아들입니다. 이럴 때도 있는 거지, 이것 역시 내 생활을 일부야 하고 생각합니다.

우리 삶은 CD가 아니라 LP판 같습니다. LP를 듣다 보면 미세한 노이즈^{noise}가 끼어 있는 걸 알게 되죠. 그런데 자꾸 듣다 보면 이 노이즈가 오히려 매력적으로 들린답니다. 배우 K 형님도 이렇게 말하시더군요.

"나이가 들면 이 노이즈를 즐길 줄 알고 사랑하게 되죠. 노이즈가 없으면 재미가 없어요."

어쨌든, 다시 원위치로! 하는 약간의 결심과 함께 오늘 새벽에는 냉동 블루베리를 녹이고, 참외를 깎아 요구르트를 올리고 꿀 한 스푼을 더했습니다. 로메인 상추가 남아 있길래 올리브 오일을 뿌리고 소금 후추를 약간 더해 샐러드를 만들었고요. 달걀도 하나 삶았습니다.

슈베르트를 들으며 아침을 먹는 사이 날이 밝아 오네요. 곧 장마가 온다고 합니다. 아침을 먹고 산책을 다녀 와 이불 빨래를 하고 수건을 삶아야겠습니다.

파스타를 만들며
삶의 감각을 느낍니다

몸살이 났습니다. 책 한 권을 만들고 나면 가끔 호되게 앓을 때가 있습니다. 혼자서 꾸려가는 회사라 해야 할 일이 많습니다. 여행작가 일도 해야 하니 이래저래 정신이 없네요. 도저히 일을 할 수 있는 몸 상태가 아니어서 오후 세 시쯤 집으로 왔습니다. 들어오자마자 타이레놀을 먹고 보일러 온도를 한껏 높이고 침대로 들어갔죠. 눕자마자 잠이 들었나 봅니다. 일어나 보니 창밖이 어둡네요. 저녁 여덟 시입니다. 다행히 몸은 한결 나아졌습니다. 티셔츠가 축축한 걸 보니 땀을 제법 흘린 것 같습니다.

배가 고픕니다. 먹은 거라곤 아침의 초콜릿 몇 조각과 단백질 바 뿐이네요. 뭐라도 먹어야겠다 싶어 냉장고 문을 열었는데, 후배 시인이 며칠 전 보내준 멸치젓갈이 있네요. 제주 비양도 근처에서 잡히는 꽃멸치로 만든 것이라고 하더군요. 안초비 파스타도 있는데 꽃멸치젓갈 파스타가 없으란 법은 없잖아, 그러고서는 꽃멸치파스타를 만들었습니다. 마늘을 듬뿍 넣어 볶다가 멸치젓갈을 넣고는 부서지지 않고 잘 섞이도록 젓가락으로 조심스럽게 저어주었습니다. 여기에 액젓 약간을 넣고 마무리.

접시에 담아 놓고 보니 제법 그럴싸합니다. 제주꽃멸치젓갈파스타, 이름도 나쁘지 않습니다. 포크로 면을 가득 집어 올려 한 입 맛봅니다. 짭조름하고 감칠맛 가득한 향이 올라오네요. 음, 괜찮아! 다행히 냉장고에 화이트 와인 반 병이 남아 있네요. 몸살도 나았으니까 와인 한 잔 정도는 괜찮겠지 하고 따라서 마시니 순식간에 기분이 좋아집니다.

우리가 요리를 하는 건 맛있는 음식을 먹기 위한 것도 있지만 그 과정에서 행복한 기분과 즐거움을 느낄 수 있기 때문이 아닐까요. 나이를 먹을수록 행복이라는 감각을 점점 잊어버리게 되는데, 요리는 그 감각을 조금이나마 회복할 수 있게 해주는 것 같습니다. 어느새 제주꽃멸치 파스타 한 접시를 깨끗하게 비웠습니다. 역시 인간은 행복해서만 노래하는 것이 아닙니다. 노래를 하다 보면 행복해지는 것이죠.

○ 사과 한 알도
접시에 담아 먹습니다

휴일에 몇 가지 요리를 했습니다. 먼저 방울토마토 마리네이드를 만들었습니다. 끓는 물에 토마토를 살짝 데쳐 껍질을 벗겨내고 새콤달콤한 발사믹 식초와 올리브 오일을 듬뿍 뿌린 후 바질잎 몇 장을 올려 만들었죠. 상큼하면서 부드러운 맛에 미소가 지어졌습니다. 빵 위에 올리거나 비스킷 위에 올려 먹어도 맛있고, 와인 안주로도 좋답니다. 파스타 면을 삶아서 샐러드로 만들어 먹기도 합니다.

지난주는 계속 폭식을 해버렸습니다. 삼겹살이며 피

자, 햄버거 등 고칼로리 음식을 내내 밖에서 먹었죠. 이런저런 약속도 있기도 했고, 스트레스를 받아 마구 먹은 것도 있습니다. 이젠 이렇게 먹고 나면, (이런 표현이 맞을지 모르겠지만) 기분이 좀 나쁩니다. 자해에 가깝다 싶은 생각이 들 정도죠. 아침에 일어나 산책을 하고 그릭 요거트에 블루베리를 한 줌 빠트려 먹고 나니 '아, 이제 좀 살 것 같다'라는 말이 나오더라고요.

저녁에도 산책 나간 김에 동네 슈퍼에서 이런저런 재료를 조금씩 사 왔죠. 목이버섯이 싱싱해 보이길래 사와서 달걀을 넣어 목이버섯달걀볶음을 만들었고, 피망으로는 고추잡채도 했습니다. 연근을 살짝 데쳐서 마요네즈를 넣어 무쳤고요. 연근무침에는 겨자를 뿌렸습니다. 겨자를 넣으면 여름 맛이 더 진해지죠. 양배추 한 통을 사와서 채를 썰었습니다. 일주일에 양배추 한 통 먹기가 요즘 저의 목표입니다. 모두가 여름이라는 계절을 한껏 느낄 수 있는 맛이죠. 그런데 만들어 놓고 보니 전부 안주라는 생각이 들더군요. 어쩔 수 없지. 캔맥주 하나를 따서 꿀꺽꿀꺽 마셨습니다.

오십이 넘고 나니 '사는 것이 곧 먹는 것'이라는 생각이 저절로 듭니다. 좋은 음식을 맛있게 먹고 나면 몸이 가볍고, 기분도 덩달아 좋아집니다. 음식이 가진 힘을 새삼 깨닫게 됩니다. 되도록이면 좋은 재료를 고르려고 하고, 맛있게 먹으려고 노력한다는 것도 예전과 달라진 점입니다. 맛에 대해 왈가왈부하는 건 좋은 태도가 아닙니다. 사과 한 알을 먹더라도 접시에 담아 최소한 격식을 갖추려고 합니다. 정성을 들이는 거죠. 먹는 것이 내 일상을 가장 잘 돌보는 방법이더라고요. 나를 가장 귀중하게 대하고 사랑해야 할 사람은 나여야 할 것입니다.

○   약간 애매한 것이 있어야
더 재미있습니다
– 사가 여행에서 1

일본 규슈 사가라는 도시에 짧은 여행을 왔습니다. 사가 역
가까운 곳에 '난키치'라는 교자 가게가 있는데 저녁을 먹을
겸 찾았네요. 할아버지와 할머니 두 분이 운영하는 자그마
한 교자 집입니다. 어른 엄지손가락만 한, 전형적인 일본식
만두를 팝니다. 노부부가 손수 피를 밀고 소를 만듭니다. 교
자를 찍어 먹는 소스도 약간 특이한데요, 간장에 식초를 타
는 건 우리와 비슷한데 여기에 쪽파를 가득 넣습니다. 고추
기름도 한두 방울 더하고요. 교자를 소스에 푹 찍고 쪽파를
가득 올려 먹으면 아주 맛있습니다. 피가 바삭하면서 쫄깃

하네요.

같이 간 일행과 교자를 먹다가 소에서 뭔가 사각사각 아삭아삭 기분 좋게 씹히는 게 있어 이게 뭘까 하고 의견이 분분했습니다. 식감도 좋고 혀 위로 올라오는 향이 은근했습니다. 누구는 무라고 했고 또 누구는 양파라고 했습니다. 그래서 주인 할아버지께 여쭈었습니다. 할아버지 이게 뭐죠? 눈썹이 새하얀 할아버지는 싱긋이 웃으며 이렇게 답하시더군요.

"뭔가 알 듯 말 듯한 게 좋아. 다 알면 맛도 재미도 없지."

교자 접시와 맥주잔을 깨끗하게 비우고 가로등 몇 개를 지나 숙소로 돌아왔습니다. 창문 너머 보이는 사가 시내의 불빛이 어슴푸레했고 창문에 제 모습이 희미하게 비치고 있었습니다. 문득 내 인생은 좋았을까, 나빴을까…… 이런 생각이 들더군요. 여행지에서는 가끔 이처럼 센치해진답니다. 곰곰이 생각해 보니 좋았다고 말할 수도 없고 나빴다고 말할 수도 없을 것 같았습니다. 뭔가 슬픔 같기도 기쁨 같기도 한 일들이 한데 묘하게 뒤섞여 있었습니다.

한때 인생의 비밀을 알고 싶다며 이 세상 속으로 맹렬하게 덤벼든 적이 있었지만 이젠 그런 생각은 하지 않습니다. 인생이 무슨 의미일까, 하고 고민하는 건 아무런 의미가 없습니다. 그냥 하루하루가 있을 뿐이죠. 그리고 그 하루에 정성을 들이면 되는 것이고요. 며칠 뒤면 여든이 되는 교자집 할아버지는 매일 저녁마다 철판 앞에 둔 모래시계를 뒤집으며 교자를 굽고 있습니다. 제가 여든이 되려면 아직 삼십 년을 더 살아야 하는군요. 인생이 내게 어떤 의미였는지는 그때 가서 생각해 보자며 수면 등을 껐습니다.

어쨌든 오늘 교자는 너무 맛있었습니다. 속에 무가 들었건 양파가 들었건 대파가 들었건, 그건 중요하지 않아요. 그것들이 어울려 만들어진 하나의 맛있는 교자가 있을 뿐이죠. 오늘은 그 교자를 기분 좋게 먹은 하루입니다.

같은 순간은 두 번 다시 오지 않습니다
– 사가 여행에서 2

사가현 카시마 시에 히젠하마 역이 있습니다. 후쿠오카 하카타 역에서 약 사십 분 정도가 걸립니다. 기차는 한 시간마다 다닙니다. 역은 색종이로 만들어놓은 것처럼 예쁩니다.

역 옆에는 '하마 바$^{Hama\ Bar}$'라는 작은 술집이 나란히 붙어 있는데 카시마 시에서 생산되는 다양한 사케를 팝니다. 하카다 역에서 기차를 타고 와서 한 시간 동안 술을 마신 다음 기차를 타고 돌아가는 근사한 스케줄을 만들 수 있습니다. 그러니까 '기차와 술집'이라는 뭔가 상당히 낭만적인 단어의 조합이 탄생하는 것이죠.

히젠하마 역에서 머물렀던 한 시간은 이번 여행에서 가장 아름다운 장면으로 기억될 것 같습니다. 어쩌면 3박 4일 동안의 여행을 이 한 시간 만으로 기억할지도 모르겠네요. 오후 다섯 시 무렵 역을 찾았을 때, 서쪽으로 넘어가는 해가 따뜻한 빛으로 역사를 비추고 있었습니다. 저는 역사 앞에는 놓여 있는 작은 의자에 앉아 무릎을 데우며 바의 자리가 나길 기다렸습니다.

바에서는 '나베시마'라는 사케를 마셨습니다. 향과 맛, 모든 것이 완벽했습니다. 뭔가를 하다 보면 '아' 하는 감탄사가 자기도 모르게 나오면서 머릿속이 환해지는 순간이 옵니다. '아, 어렴풋하지만 뭔가 알 것 같아!' 하는 그런 순간 말이에요. 하마 바에서 나베시마를 마시는 순간 머리 꼭대기에 백열구 하나가 딩동 하며 켜지는 느낌이었습니다. 음, 이게 사케의 맛이군.

사케를 마시다 문득 창을 바라보았는데, 어느새 노을이 다가와 있었습니다. 처음 보는 모양과 색깔의 노을이었습니다. 뭐라고 해야 할까, 저 너머 누군가가 노을을 밀어 보내고 있었다고 하면 될까요. 이렇게 표현해도 될는지 모르겠지만 어쨌든 그랬습니다.

사케 잔을 들고 역 앞 마당으로 나가 노을을 바라보며
남은 사케를 천천히 마셨습니다. 그러면서 아주 오래전부터
박수 같은 위로를 받고 싶다는 것을 기억해 냈습니다. 그 사
이 기차가 들어왔고 교복을 입은 학생들이 내렸습니다. 단
발머리의 한 여학생이 한국어로 "안녕"이라고 인사 하며 내
게 손을 흔들고 지나갔습니다. 안녕. 저도 손을 흔들었고,
우리는 서로를 향해 환하게 웃었습니다.

다음에 또 와야지. 이렇게 생각했지만 이젠 알고 있습
니다. 다시 온다고 해도 지금과 같은 기분은 절대 느낄 수
없다는 것을요. 아니 이곳에 영영 다시 오지 못하리란 것을
요. 오늘과 같은 완벽한 순간은 절대 다시 오지 않을 것이
고, 같은 기분 역시 결코 느낄 수 없을 것입니다. 지금까지
살아오며 알게 된 건, 시간은 우리에게 모든 것을 딱 한 번
씩만 손에 쥐어준다는 것입니다.

조금 더 천천히 걷고
호기심을 더 가져 봅니다
– 사가 여행에서 3

사가로 여행을 떠나오기 전, 많은 이들이 제게 이렇게 말하더군요.

"도대체 사가에 볼 게 뭐가 있다고 가는 거죠?"

사실 예전에도 사가를 몇 번 여행한 적이 있습니다. 다케오 시의 녹나무와 도서관, 우레시노 온천이 유명해서 몇 차례 찾았는데, 저 역시 그것 말고는 딱히 생각나는 것이 없습니다. 전국의 일본인을 대상으로 '여행한 적이 없는 현'을 조사한 적이 있는데, 사가 현이 1위에 올랐다고 합니다. 그러니까 여행지로서의 사가는 정말 황량한 곳이라는 말이죠.

　그런데 지난 사흘 동안 사가를 여행한 감상으로는 사가는 나쁘지 않은, 아니 꽤 괜찮은 여행지라는 사실입니다. 일단 사케가 맛있습니다. '시치다'와 '나베시마'는 정말 최고였습니다. 앞서 말씀드린 여든의 노부부가 운영하는 만둣집도 좋았고, 히젠하마 역 옆의 바에서 사케를 마셨던 시간도 잊지 못할 것입니다. 어제는 세상에, 잉어회도 먹었습니다. 잉어회라니! 접시 위에 올라가 있는 잉어가 커다란 눈을 껌뻑이지는 않을까 하고 다소 걱정스런 상상을 했지만, 다행이 그 정도까진 아니었습니다. 일부러 찾아 먹을 만큼 대단한 맛은 아니었지만 '한 번쯤 먹어볼 만하군' 하며 고개를 끄덕일 정도는 됐습니다. 아무튼 태어나서 잉어는 처음 먹었습니다.

　어제는 시간이 약간 남아 숙소에서 사가 성터까지 걸어가 보기로 했습니다. 구글맵을 보니 왕복 6킬로미터 정도더군요. 무리 없이 걸을 수 있는 거리였습니다. 해가 지기 전, 작은 카메라를 목에 걸고 호텔을 출발했습니다. 가끔 빨간 신호등 앞에 멈춰 서기도 하면서 산책하듯 천천히 걸었습니다. 자전거를 타고 지나가는 교복을 입은 중학생들의 모습에서 지구의 한없는 평화를 느꼈고, 서류 가방을 들고 버스를 기다리고 있는 멋진 중년 아저씨의 모습에서 저물어 가는 하루의 수고로움에 대해서도 생각했습니다. 안경 가게 앞을 지날 때는 내게 어울리는 멋진 안경이 없을까 하며 쇼윈도 앞을 서성거리기도 했고요.

사가 성터 앞에 다다랐을 때 서쪽 하늘에서 노을이 밀려왔습니다. 그 노을 아래, 드넓은 성터의 잔디밭에서 한 남자가 강아지 두 마리와 원반던지기를 하며 놀고 있었습니다. 저는 그 풍경 앞에 오래 서 있었고 몇 장의 사진을 찍었습니다. 사가? 나쁘지 않은데. 한 번쯤 와볼 만한 도시군 하는 생각이 들더군요.

몇 번 말한 적이 있지만, 여행은 그렇게 거창한 것이 아닙니다. '약간' 기대를 낮추고, '조금' 천천히 걷고, '살짝' 호기심을 더 가져 본다면, 뭐 대단하지는 않지만 그럭저럭 괜찮은 여행을 만들 수 있습니다.

인생도 다르지 않을 겁니다. 너무 많이 기대하지 말고, 약간의 호기심을 가지고 하루하루 정성을 다해 살다 보면 그럭저럭 괜찮은 인생 정도는 만들 수 있지 않을까요.

◦ 살다 보면 도망이
   필요할 때가 있습니다

새벽에 일어나는 습관을 가진 탓에 여행을 가서도 일찍 깨는 편입니다. 새벽 4시에 눈을 떠서는 침대에서 뒤척이다가 6시, 그러니까 식당이 문을 여는 시간이면 후다닥 방을 나서죠. 그래서 여행지 대부분의 호텔에서 제가 '조식 1호' 손님일 때가 많습니다. 언젠가부터는 아무도 없는 새벽 식당에서 아무도 손을 대지 않은 음식을 접시에 담는 것이 약간의 즐거움이 됐습니다. 그래봐야 접시에 담는 건 크루아상과 삶은 계란, 토마토 정도지만 말입니다.

일본을 여행할 때면 호텔에서 아침을 먹지 않을 때가 가끔 있습니다. 하얀 쌀밥과 미소된장국, 연어 간장구이, 계란말이, 낫또, 일본식 김 등으로 아침 식사를 할 수 있지만, 아침에 문을 여는 카페에서 '모닝구 세또morning set'를 먹는 즐거움을 놓칠 순 없기 때문이죠. 골목에 자리한 카페에서 토스트와 계란 그리고 커피로 이루어진 모닝 세트를 먹으며 일본에 여행을 왔다는 걸 새삼 깨닫곤 하죠.

여행을 와서는 '여행자'라는 감각과 기분을 느끼는 게 중요하다고 생각합니다. 이건 평소 일상에서는 전혀 느낄 수 없는 종류의 경험이기 때문이죠. 우리는 여행자라는 신분을 얻기 위해 비싼 비용을 지불하고 시간을 희생해 여행을 떠납니다. 멋진 호텔에서 자고 특별한 음식을 먹죠. 여행자는 현지인과는 분명 다릅니다. 그래서 저는 '현지인처럼 여행하기'라는 말을 별로 좋아하지 않습니다. 이 말 자체가 조금 어폐가 있는 것 같습니다. 세상의 모든 현지인은 힘들고 고달픕니다. 우리는 이런 현지인의 삶에서 벗어나기 위해 여행자가 되려고 노력하는 것이고요. 그러니 여행을 왔다면 여행자처럼 행동하는 게 좋지 않을까요. 호기심 가득한 눈과 열린 마음을 가지고서 말입니다. 물론 배려심과 책임감도 가져야 할 것입니다.

그렇게 대단한 맛이 있는 건 아니지만, 이른 아침 오래된 분위기의 카페에서 모닝 세트를 먹으니 좋습니다. 푹신한 소파에 앉은 반백의 아저씨들이 느릿느릿하게 커피를 마시며 신문을 읽고 있네요. 담배를 피우는 아저씨도 있고요. 담배를 끊은 지 이십 년이 되었지만, 아직 커피를 마시며 담배를 피우는 그 맛, 그 기분을 잊지 못합니다. 이건 분명 스타벅스에서 아이스 아메리카노를 마시며 스마트폰으로 인스타그램을 보는 것과는 다른 기분이거든요.

아침을 먹고 카페를 나와 지금은 거리를 산책하고 있습니다. 교복을 입고 자전거를 탄 학생들이 지나가고, 서류 가방을 들고 양복을 입은 중년의 비즈니스맨이 바쁜 걸음으로 걸어갑니다. 멀리 통근 열차가 지나가는 소리도 들리네요. 여행이 좋은 가장 큰 이유는 뭘까요. 아마도 하기 싫은 일을 하지 않아도 되기 때문이 아닐까요. 돈을 벌지 않아도 아무도 뭐라 하지 않는 것, 그게 바로 여행이죠. 비행기로 한 시간 반 거리의 한국에는 여러 가지 골치 아픈 일들이 가득합니다만 저는 지금 여행을 떠나왔습니다. 그리고 며칠 동안 여행자로 지낼 생각입니다. 맞서는 것도 좋지만, 살다 보면 도망도 가끔 필요한 법이니까요.

○　　장미라는 기적 앞에서
　　　잠시 걸음을 멈출 줄도 압니다

순천에 저전마을이라는 곳이 있습니다. 아주 한적하고 고요
한 마을입니다. 낮은 지붕의 집들 사이로 골목길이 올망졸
망 펼쳐져 있습니다. 누군가 방금 청소를 하고 간 듯 깨끗한
골목, 걷다 보면 하늘 한쪽에서 날아온 새소리가 발치에 떨
어집니다.

　저전마을 골목을 다니다 보면 유난히 꽃이 많다는 걸
느낍니다. 대문 앞이며 담벼락, 모퉁이마다 어김없이 꽃이
심겨 있고 화분이 놓여 있죠. 한두 평 공터라도 있으면 해바

라기를 비롯한 꽃들을 심어 놓았습니다. 상추와 대파도 심었습니다. 그런 자리마다 예쁜 푯말이 서 있는데, '빗물 가로정원', '한 평 정원', '골목정원', '세모 정원', '숲먹거리 정원' 등의 이름이 새겨져 있습니다. 저전마을은 '정원마을'로 불린다고 합니다.

지금은 골목 곳곳에 장미가 가득 피어 있습니다. 분홍색, 붉은색의 탐스런 장미가 대문과 담장을 넘어 골목을 환하게 밝히고 있습니다. 이렇게 천천히, 무언가에 쫓기지 않고 마음 가는 대로 걷고 있으니 시간을 온전히 내 것으로 만든 것 같아 기분이 흡족합니다. 마을 입구에는 저전성당이 있는데, 100년의 역사를 품고 있는 순천에서 가장 오래된 천주교 성당입니다.

성당에서 출발해 마을을 한 바퀴 도는 데 약 한 시간 정도가 걸렸습니다. 나무 그늘 속 평상에 앉아 새소리를 들으며 차가운 물을 마십니다. 지금까지 무엇을 위해 그렇게도 열심히 달리고 있었던 걸까. 젊었을 때는 어딘가에 목표와 정답이 있고, 그것을 찾아내는 것이 도리라고 생각하고 열심히 고투해 나갔던 것 같습니다. 지금 와 생각해 보니 딱히 그래야 할 이유가 없었는데도 말입니다. 세상은 생각보다도 훨씬 더 불확실한 것이라는 걸 깨닫게 된거죠.

인생의 정답 같은 건 없습니다. 이해만으로 삶을 해결하려고 할 때 모든 것이 헝클어져 버리는 거죠. 다만 날씨가 만드는 장미 같은 기적들이 있고, 그 앞에 잠시 멈춰 서서 경탄하고 즐길 줄 알면 되는 것 같습니다. 오십이 넘어 이걸 겨우 깨닫기 시작했으니, 그나마 다행이라면 다행이랄까요. 개울물 소리가 귓전으로 명주실처럼 흘러 들어오고 어디선가 실바람이 불어와 이마를 툭 건드리며 지나갑니다.

◦ 미워할 수 있다는 건
  사랑할 수도 있다는 것입니다

오늘 새벽 강릉으로 왔습니다. 문득 바다가 보고 싶어 고속도로를 달렸습니다. 오는 내내 날씨는 잔뜩 흐렸고, 간간히 빗방울이 뿌렸습니다. 강릉에 도착해 곧장 영진 해변으로 갔습니다. 지난겨울 한동안 머물렀던 곳이죠. 파스타를 만들고 와인을 홀짝이면서 보냈습니다. 다이소에 밥공기며 간장 종지 같은 걸 산다고 한두 번 갔던 것 같고, 포구에 있는 어느 점집에서 토정비결을 보기도 했습니다.

이른 시간이라 그런지 해변에는 아무도 없더군요. 날

씨는 맑았고 빈 해변에는 파도만이 밀려왔고 또 밀려갔습니다. 포말이 일었다가 사라지는 것을 보며 주머니에 손을 넣고 걸었습니다. 뒤돌아보니 걸어온 발자국들이 어느 것은 파도에 지워져 희미했고, 또 어느 것은 아직 깊숙하고 선명했습니다. 누구에게든 자세히 보면 그런 발자국의 흔적 같은 것이 있지 않을까요. 희미한 것이 슬픔이고 아픔인지, 선명한 것이 기쁨이고 행복인지…… 아니면 그 반대인지 모르겠지만 그것 모두가 하나로 이어져 인생이 될 것입니다

해변을 걷고 있는 중에 카페가 문을 열기에 얼른 들어와 커피를 후후 불며 마시고 있습니다. 카페 통유리 너머로 파도가 이리 밀리고 저리 밀립니다. 지난겨울, 바닷가 점집 법사님께 오만 원을 내고 이렇게 질문드린 게 문득 생각이 납니다.

앞으로의 인생이 어떤 방향으로 흘러갈지는 알 수 없지만, 멀지 않은 날의 끝에 바다를 만나고, 그 앞에서 수평선을 바라보며 지낼 수 있다면 좋겠습니다.

법사님은 이렇게 대답하시더군요.

바다가 보고 싶을 땐 바다 쪽으로 웃으세요. 미워할 수 있다는 것은 사랑할 수도 있다는 것 아니겠습니까.

거참, 무슨 질문에 또 무슨 답이었는지……, 어쨌든 바다가 보고 싶다고 훌쩍 떠날 수 있는 인생을 만드는 데 오십 년이 걸렸네요. 사는 게 덧없다는 걸 아는 데 오십 년이 걸렸고, 덧없으니 하루하루 정성을 들이고 즐거워야 한다는 걸 아는 데도 오십 년이 걸렸습니다. 어느 날 병이 오고, 또 어느 날 눈물겨운 날이 찾아올지 모르겠지만, 이제는 시원한 바람 한 줄이 팔꿈치를 스칠 때 '아, 좋다'라고 말하며 흡족할 줄 압니다. 사랑은 답이 없이 다만 사랑할 뿐이고, 인생역시 그저 살아갈 일일 뿐이지, 일일이 따져 묻지는 않으려고합니다. 외로운 쪽으로 웃으면 되니까요.

°   분석하지 않고
       느끼려고 합니다

❀ 어느 인터뷰에서 '인문학이란 무엇일까요?' 하는 질문을
받은 적이 있습니다. 저는 '잠깐 멈춤'이라고 대답했습니다.
모두가 돈과 욕망을 좇아 앞만 보고 내달릴 때 잠깐 멈추어
서서는 '여기, 사람이 있어.' '여기, 더 중요한 가치가 있어.'
'여기, 더 옳은 의미가 있어.' 하고 호흡을 가다듬고 주위를 둘
러보며 잠시 생각해 보는 일. 여행도 마찬가지가 아닐까요.

❀ 삶은 오전 11시의 체크아웃과 저녁 8시 비행기 사이에서
커다란 트렁크를 끌고 힘겹게 다니다가 푹신한 소파가 있는

카페에 앉아 커피를 마시며 창밖을 바라보는 일. 그러면서 '아, 좋다!' 하며 나지막이 중얼거리는 일이 아닐까요.

❧ 이번 여행에서 뭘 얻었을까, 이런 생각 같은 건 하지 않습니다. 여행에서 꼭 뭔가를 얻어야만 하는 건 아니니까요. 그냥 즐겼으면 그것만으로도 충분한 것 같습니다. 나는 좋은 여행을 했고 내 인생은 여행을 하는 동안 더 좋아졌다, 네 이 정도면 괜찮은 것 같아요.

❧ 뭔가를 잃어버려도 괜찮아요. 여행중이니까요.

❧ 여행은 치과에 가는 것과 같은 것 같습니다. 비용이 많이 들고 두렵지만 다녀오면 건강해지는 것처럼 말이에요.

❧ 삶도 여행도 분석하는 것이 아니라 느끼는 것이겠죠.

❧ 여행을 하다 보면, 가진 돈을 몽땅 다 써버리고 죽겠다. 음, 이런 비장한 생각도 한 번쯤 하게 되더라고요.

❧ 언젠가 이 풍경이 그리워질 겁니다. 그리운 것들이 점점

늘어나고 나중엔 그리운 것들만 남겠지요. 그리고 끝내는 그리운 것들만 남겠지요. 여행일 끝날 때쯤 후회와 그리움은 같은 것이라는 걸 알게 될 겁니다.

❋ 아무 일도 일어나지 않은 것 같지만, 실제로는 엄청난 일들이 매일 일어나는 것, 그것이 여행이고 인생이죠. 뒤돌아보세요. 당신의 여행과 인생이 얼마나 풍요롭고 아름다웠는지 알게 될 테니까요.

○   지금 이 순간을 가장
    소중히 여깁니다

크로아티아 이스트라 지방을 여행하며 모토분Motovun이라
는 마을에 간 적이 있습니다. 해발 277미터의 절벽에 자리
잡은 작은 마을입니다. 미야자키 하야오 감독이 애니메이션
〈천공의 성 라퓨타〉의 모델로 삼은 마을이라고 하더라고요.
미야자키 감독은 크로아티아의 풍경을 워낙 사랑하는 사람
일 테니 그럴 수도 있겠다 싶었습니다. 이 마을에 며칠 머물
렀는데 뭐, 딱히 한 일은 딱히 없습니다. 마을을 어슬렁거리
며 바에 들어가 맥주를 마시거나 사진 몇 장 찍은 것이 전부
입니다. 아마 고양이나 구름, 담벼락 같은 걸 찍었겠죠.

모토분에서 가장 기억에 남는 건 벚나무 아래에서의 식사였습니다. 때는 봄이어서 벚꽃이 만발해 있었습니다. 식탁은 그 벚나무 아래에 차려져 있었죠. 벚나무 아래에서 송로버섯 요리와 테란이라는 품종으로 만든 와인을 마셨습니다. 바람이 불 때면 테이블 위로 벚꽃잎이 떨어져 내리곤 했습니다. 고개를 들어 벚나무를 바라보면 벚꽃잎 사이를 빠져나온 분홍빛 볕뉘가 저를 눈부시게 했고요. 그때, 접시 위에 내려앉은 꽃잎을 보며 '지금' 또는 '현재'에 대해 생각했던 것 같습니다. 아, 이 순간은 지나가면 영영 다시 돌아오지 않겠지. 떨어진 꽃잎처럼 허망하겠지. 그러니 지금 이 순간은 얼마나 소중한가.

며칠 전 본 영화 〈퍼펙트 데이즈〉에도 이 볕뉘가 나오더군요. '볕뉘'는 일본어로 '코모레비'입니다. '나무 사이사이 잠깐씩 비치는 햇빛'이라는 뜻이죠. 영화에서 주인공 히라야마는 점심시간에 샌드위치를 먹으며 필름 카메라로 나무를 찍죠. 저는 히라야마가 나뭇잎을 찍는 줄 알았는데 사실은 나무 사이로 비치는 햇빛을 찍는 것이었더군요. 금방 사라지는 햇빛. 히라야마는 사라지는 '지금 이 순간'을 필름에 기록하고 있었던 것입니다. 매일 아침 히라야마가 문을 나설 때 하늘을 바라보며 웃는 이유도 이제는 어렴풋하게나마 알 수 있을 것 같습니다. 매일 바라보는 하늘이지만 어제와는 분명 다른 구름과 빛으로 반짝이고 있거든요.

살수록 지금이 소중하다는 걸 느낍니다. 시간은 절대다시 돌아오지 않습니다. 같은 풍경을 보여주지도 않고요. 그러니 인생을 사랑하는 가장 좋은 방법은 지금을 소중히 여기고 정성을 다하며 즐기는 것이 아닐까요.

○   기분 전환을 위해
    하늘을 올려다봅니다

기분 전환을 하는 데 하늘을 올려다보는 것만큼 좋은 게 없는 것 같습니다.

오늘 저녁 산책을 하다가 하늘을 보며 우주에서 지구를 바라보고 싶다는 생각을 했습니다.

이 삶이 얼마나 하찮을까요.

얼마나 귀중할까요.

○ 　여름에는
　여름의 방식으로 즐겁습니다

지름 28센티미터의 찜기는 제가 자주 사용하는 조리도구입니다. 젊은 시절엔 프라이팬을 가장 많이 사용했지만, 중년이 된 지금은 찜기를 가까이 두려고 합니다. 이젠 음식을 만들 때면, 먹을 때 속이 편한가를 먼저 생각하는 나이가 됐습니다.

　채소 중에서 많이 먹는 건 양배추와 당근, 단호박, 양파입니다. 사무실에 나갈 때 도시락을 싸가는데, 당근과 단호박, 계란 찐 것을 가져갑니다. 15분 정도면 만들 수 있더군요. 사 먹는 걸 별로 좋아하지 않는 데다, 작업실이 있는 파주 출판단지 부근에는 밥 먹을 만한 곳이 마땅치가 않거든요.

가끔 단호박 샐러드 샌드위치를 만들어 가기도 합니다. 샌드위치를 만들어서 나가는 날엔 그냥 찐 계란을 싸가는 날보다 '뭔가 열심히 하고 있다'라는 느낌을 받습니다. 일을 하는 데는 이런 느낌이 중요하더라고요. 아침에 현관문을 열고 나설 때의 기분이 하루를 좌우할 때가 많은데, 도시락 메뉴 하나를 바꾸는 것만으로도 누군가 등을 살짝 밀어주는 응원의 기분을 느낄 수 있죠.

만드는 방법은 간단합니다. 베이킹소다로 단호박을 씻어 꼭지를 떼고 8~10등분 해서 찜기에 넣고 찝니다. 이때 계란 5개도 같이 넣습니다. 단호박을 전자레인지에 찌기도 하지만, 저는 아직 찜기가 좋네요. 전자레인지라는 녀석, 사용하기엔 편하지만 뭔가 잔꾀를 부린다는 생각을 지울 수가 없거든요. 저는 옛날 사람이라 카톡이나 메일로 의견을 주고받는 것보다 전화 통화가 편하고, 아이패드보다는 몰스킨이 낫고, 뜨거운 김을 씩씩하게 뿜으며 열심히 일하는 찜기가 더 믿음직스럽습니다.

찜기가 일하는 동안 양파를 다집니다. 단호박과 달걀

이 다 쪄졌다면 양파 다진 것을 볼에 넣고 포크로 으깹니다. 이때 마요네즈 한 숟가락을 넣고 소금과 후추도 살짝 뿌립니다. 저는 단호박 껍질도 다져 넣는 편입니다. 그리고 식빵 위에 루콜라 페스토를 바르고 단호박 샐러드를 골고루 넉넉하게 펴서 바릅니다. 양파 슬라이스를 토핑하면 더 좋지만 귀찮아서 패스. 식빵을 조용히 덮어주면 완성입니다.

점심시간에는 샌드위치를 꺼내 모니터를 바라보며 먹습니다. 점심 먹을 시간도 없이 일하냐고 안쓰럽게 생각할 수도 있겠지만, 저는 일할 때는 좀 몰아쳐야 한다고 생각하는 편입니다. '워라밸' 같은 건…… 글쎄요, 일단 노트북 앞에 앉아 있는 동안에는 전력을 다해 보자고 생각하며 열심히 합니다. 평생 동안 전력을 다하라는 게 아니라 그래야 할 때가 있는데, 지금이 그래야 할 때라는 것이죠. 이만큼 살아보니, 그때가 아니었으면 하지 못했을 일이 많더라고요.

그렇게 정신없이 일을 마치고 집으로 돌아가는 길, 노곤한 몸으로 저녁노을 앞에 서는 기분이 뿌듯하고 좋습니다. 게다가 집 냉장고에는 캔맥주가 가득 들어 있습니다. 더 기쁜 건 집 가까운 곳에 두부 집이 새로 생겼다는 것이죠. 그 집 두부가 정말 맛있습니다. 금방 만든 두부에 계란 간장을 살짝 뿌려 맥주와 함께 먹을 생각을 하니 기분이 좋아집니다.

매일 매일 뭔가 특별하고 좋은 일이 생긴다면 좋겠지만, 현실에서 그러기는 쉽지 않죠. 상처받는 말을 듣고, 억울한 일을 당하고, 예기치 못한 일이 더 자주 일어나는 것, 그게 현실이죠. 자그마한 음식을 직접 만드는 데서 느끼는 즐거움, 집으로 돌아가는 길, 방금 산 따뜻한 두부의 온기에서 느끼는 행복…… 이런 것들이 없다면 이 무잡한 현실을 건너가기가 쉽지 않을 겁니다. 이국종 교수도 이렇게 말했더군요. "남의 인생은 성공한 것처럼 보이고, 행복하며 멋지게 보일 수 있다. 그러나 인생이 아무리 화려해 보여도 결국 우울한 종말이 찾아온다. 구내식당의 점심 반찬이 잘 나온 것과 같은 사소한 일에라도 행복을 느끼지 않으면 견딜 수 없다"라고요.

찜기에서 시작해 단호박샐러드샌드위치를 지나 두부 이야기를 하다가 결국 여기까지 왔네요. 뭐 어쨌든 제가 하고 싶은 말은 이것입니다. 행복은 열심히 노력해서 이룰 수도 있는 것이지만, 내 옆에 있는 것들을 잘 받아들이고 그것들을 두근거리는 마음으로 즐기는 데서도 찾을 수 있다는 것, 남들도 다 힘들고 원래 그렇고 그런 것It is what it is, 그게 인생입니다. 매 순간순간 즐거운 마음으로 살아가다 보면 나중에 꽤 괜찮은 인생을 살았구나 하고 생각할 수 있을 겁니다.

지금 제 앞에는 방금 사 온 두부와 아침에 샌드위치를 만들고 남은 단호박 샐러드가 있습니다. 단호박 샐러드는 시원하게 먹으면 정말 맛있는 맥주 안주가 되죠(사실 아침 샌드위치는 맥주 안주를 만들기 위한 빌드업이었습니다). 그리고 이런 저녁에 대비해 출근할 때 두꺼운 맥주컵을 냉장고에 넣어두었죠. 살얼음 낀 맥주잔에 맥주를 콸콸콸 따릅니다(네 맞습니다. 오늘 아침부터 지금까지의 모든 일들이 시원한 맥주를 마시기 위한 빌드업이었습니다). 크으, 좋네요. 여름에는 분명 여름의 방식으로 즐기는 인생이 있답니다.

◦   하루쯤 마음이 가는 대로
     몸을 움직여 봅니다

간만에 느지막이 일어나 느타리버섯을 넣어 애호박볶음을
만들고 어묵볶음도 했습니다. 평소와 달리 고춧가루를 조금
넣었습니다. 고등어 한 토막을 구워 느긋하게 아침을 준비
했습니다. 전날 끓여 냉장고에 넣어 둔 콩나물국은 시원한
그대로 먹었습니다. 평소에는 두유에 단백질 셰이크 한 컵
이나 블루베리 한 줌으로 때우는데 말입니다.

    아침을 먹고는 도서관에 가서 무라카미 하루키의 옛
소설을 읽었고 레시피 책을 빌려 집으로 돌아왔습니다. 세
탁기를 돌려놓고 발리우드 영화를 보며 솔트 쿠키를 먹으며

커피를 만들어 마셨습니다. 책을 읽다가, 영화를 보다가, 낮잠을 자다가, 음악을 듣다가…… 어느새 뉘엿해진 햇살이 빨래 건조대 위에 드리우고 있더군요. 산책이나 나가볼까 하다가 그냥 쉬기로 했습니다.

저녁으로 뭘 먹을까, 냉장고를 뒤져 보니 두부와 조금 남은 파스타용 토마토소스가 있네요. 칼등으로 두부를 으깨고…… 프라이팬에 다진 양파와 마늘을 넣어 함께 볶고…… 모짜렐라 치즈를 올리고…… 그렇게 두부 그라탕을 만들어 와인과 함께 저녁을 먹었습니다. 뭔가를 재촉하지 않고 마음이 가는 대로 몸이 움직인 하루였습니다.

° 　그럴싸하게 보이려
　　애쓰지 않아도 됩니다

많이 먹는 식재료를 꼽으라면 양배추입니다. 양배추가 위에
좋다고 하는데 그래서일까요, 양배추를 먹고 나면 엉망진창
인 속이 조금은 진정되는 것 같습니다. 술을 좋아하는 저로
서는 일주일에 양배추 한 통은 꼭 먹겠다는 다짐으로 부지
런히 먹고 있습니다.

오늘도 냉장고를 열어보니 어김없이 양배추 반 통이
남아 있길래, 이걸로 뭘 만들어볼까 궁리하다가 슬리퍼를 신
고 마트로 가 돼지고기 앞다릿살 약간을 사 왔습니다. 5천 원

어치면 충분합니다. 오늘 만들 요리는 돼지고기양배추볶음입니다.

돼지고기양배추볶음은 맛없게 만들기가 어려운 요리입니다. 재료도 간단합니다. 양배추, 돼지고기 앞다릿살 약간, 대파, 마늘, 청양고추, 후추, 다진 생강, 청주, 진간장, 굴소스만 있으면 됩니다. 써 놓고 보니 뭔가 많이 필요한 것 같지만 대부분 찬장에 있는 것들이죠. 청양고추는 빼도 되고 다진 생강은 없어도 됩니다. 청주 역시 생략해도 괜찮아요. 왜냐하면 굴소스가 다 커버해 주니까요. 만들기도 간단해서 5분이면 됩니다. 프라이팬을 달구고 식용유를 두른 후 큼직하게 썬 대파와 슬라이스한 마늘을 넣어 파기름을 내줍니다. 그다음엔 다진 생강 약간. 향이 나기 시작하면 돼지고기를 넣고 볶아 주면 됩니다. 색이 살짝 갈색으로 변하면 설탕을 넣고요, 고기가 익었다면 청주와 진간장을 넣고 조금 더 볶다가 마지막에 양배추를 가득 집어서 프라이팬에 툭, 무심하게 던져 넣고 조금 더 볶으면 끝입니다. 아참, 마지막에 굴소스 약간. 그러면 고소하고 달콤하고 진득한 향이 확 올라오죠. 굴소스는 약간 모자란다는 느낌으로 넣는다는 게 요령이라면 요령입니다.

그런데 저는 왜 굳이 집에서 이걸 만들고 있는 걸까요. 세상 귀찮은 일이 바로 요리인데 말입니다. 사실 저는 외식을 그다지 좋아하지 않습니다. 여행작가로 일하며 밖에서 하도 많이 음식을 사 먹었기 때문일까요. 취재를 위해 꼭 필요한 경우가 아니면 식당에 잘 가지 않는 편입니다. 웬만하면 집에서 만들어 먹으려고 합니다. 그렇다고 제가 요리 실력이 뛰어나다는 것은 아닙니다. 레시피 책을 보거나, 유튜브를 따라가면서 겨우겨우 만들어 먹는 정도입니다. 그래도 자꾸만 만들다 보니 요즘은 실력이 조금씩 느는 것 같습니다. 아직 자신 있게 '잘한다'라고 말하기엔 턱없이 부족한 실력이지만, 그래도 영 못 먹을 정도는 아니게 만듭니다. 그럭저럭 제가 먹을 수 있을 정도랄까요.

　　요리를 하는 건 아마도 요리하는 과정이 즐겁기 때문이 아닐까 생각합니다. 저는 여행작가이지만 여행을 그다지 좋아하지는 않습니다. 여행을 가면 반드시 '그럴듯한 뭔가'를 만들어 와야 하거든요. 여행이 일이 되고, 본인의 의지와는 상관없이 흘러가는 생활의 일종으로 변하면 양상이 달라집니다. 조금, 어떨 땐 상당히 피곤해지는 거죠. 하지만 요리는 굳이 그럴싸하게 보이도록 하지 않아도 됩니다. 실패

해도 아무도 뭐라고 하는 사람도 없고요. '내 식대로' 만들어 맥주 한 잔 곁들이면서 적당히 즐기면 되는 거죠.

주방에 있는 시간도 좋아합니다. 도마에 파를 올리고 다듬고 있으면 마음이 편해지고 올바른 일을 하는 것 같거든요. 게다가 주방은 쓸데없는 생각을 할 틈을 주지 않습니다. 마늘을 썰고 양파를 다지고 틈틈이 설거지도 해야 하니까요. 그래서 마음이 심란할 때면 슬그머니 주방으로 갑니다. 여담입니다만, 살면서 위안이 되는 냄새 두 가지가 있는데, 락스 냄새와 굴소스 냄새인 것 같습니다. 욕실에 들어섰을 때 살짝 나는 락스 냄새, 주방에서 은근히 피어오르는 굴소스 냄새는 인생에 관심을 기울이고 있다는 의지의 냄새 같아요. 요리는 자신을 위해 무언가를 한다는 뜻입니다. 매일 산책을 하는 사람과 요리를 하는 사람의 인생이 망가졌다는 말은 들은 적이 없습니다.

자, 어떻게 어떻게 만들다 보니 돼지고기양배추볶음이 완성됐습니다. 하얀 김이 솔솔 피어오르고 있습니다. 접시에 담아 놓고 보니 근사합니다. 뭔가 굉장히 그럴듯한 요리를 만든 것 같은 뿌듯함도 느껴지네요. 달짝지근한 간장 냄새가 식욕을 자극하는 가운데 접시를 가만히 보고 있으니, 돼지고기양배추볶음은 오늘도 안주와 반찬 사이에서 살짝 방황하고 있는 것 같습니다. 다행히 냉장고에는 맥주가 기다리고 있습니다.

양배추와 돼지고기를 한 젓가락 집어 입으로 가져갑니다. 소박하고 단순하지만, 솔직하고 꾸밈이 없는 맛입니다. 이 정도면 충분합니다. 지금보다 더 엉성해도 괜찮을 것 같고, 조금 더 거친 느낌이 나도 좋을 것 같아요. 오늘도 만족스러운 저녁입니다. 이런 저녁을 보내며 하루하루를 건너가다 보면 분명 어딘가 도착하는 장소가 있을 것입니다.

。 매미가 우는 여름이
어김없이 돌아왔습니다

일본 배우 타케나카 나오코를 좋아합니다. 그가 주연한 드
라마 〈방랑의 미식가〉는 틈날 때마다 즐겨 봅니다. 그는 은
퇴한 회사원 가스미로 나오는데, 특별한 줄거리는 없고, 맛
있는 음식을 먹으며 하루를 보낸다는 내용으로 드라마가 진
행됩니다. 일본 드라마 특유의 잔잔함으로 가득하죠.

제가 좋아하는 에피소드는 '제6화 커피집 점심' 편입니다.
점심시간이 거의 끝난 한가한 시간, 주인공 가스미 상은 한
적한 서점을 어슬렁거리다가 소설책 한 권을 산 후, 올드한

분위기의 카페로 가 나폴리탄을 시킵니다. 맛있게 한 접시 비우고는 커피 한 잔을 청한 후 소설을 읽기 시작하죠. 문득 옛날 친구에게 연락이나 해볼까 하고 생각하면서요.

드라마를 보다가 저도 나폴리탄이 먹고 싶어 냉장고를 뒤져 후다닥 만들었습니다. 올리브오일에 양파, 피망, 양송이버섯, 비엔나소시지를 볶다가 스파게티 면과 시판 토마토소스를 넣으면 누구나 만들 수 있는 요리가 바로 나폴리탄입니다. 맛도 나쁘지 않고요.

나폴리탄 한 접시를 해치우고는 가스미 상처럼 동네 산책에 나섰습니다. 무릎이 튀어나온 추리닝을 입고 자이언츠의 모자를 썼고요, 오후의 여름 햇빛이 따가웠습니다. 커피를 사러 편의점에 가서는 요즘도 신문을 파나 하고 둘러보는데 역시나 없네요. 옛날엔 편의점에서 신문과 잡지를 팔았답니다. 〈○○일보〉 〈○○신문〉 〈주간○○〉 등등이 가지런히 놓여 있었죠. 한 부를 사서는 돌돌 말아 손에 쥐거나, 반으로 접어 뒷주머니에 꽂고는 산책을 하다 벤치에 앉아 신문을 읽곤 했죠. '오늘의 운세'도 보면서 말이에요.

벤치에 앉아 커피를 마시며 구름이 흘러가는 걸 봅니다. 플라타너스 그늘이 짙습니다. 곧 이 나무는 매미 소리로 무성하겠죠. 나무 그늘에 가만히 앉아 옛일을 생각해 보면 이젠 윤곽조차 어슴푸레한 일들이 많습니다. 우리의 일생은 점점 희미해지는데 해마다 매미는 시끄럽게 울 것이고, 여름 햇빛은 여전히 찬란하게 빛나겠지요. 인생의 모든 순간은 딱 한 번 우리에게 왔다가 영원히 멀어지는데, 매미가 우는 여름은 매년 돌아온다는 사실을 생각하면 문득 고독해지곤 합니다.

한참을 그렇게 앉아 있다 일어서는데 이런, 허벅지에 빨간 케첩 자국이 있는 게 보이는군요. 아까 나폴리탄 먹을 때 튀었나 봅니다. 괜찮습니다, 나폴리탄은 원래 그런 음식이니까요. 어딘가에 꼭 흔적을 남기죠. 손가락으로 자국을 문질러보지만 별 소용이 없네요. 그래도 케첩 자국은 점점 희미해져 가다가 어느 날 흔적도 없이 지워지겠죠. 어떤 기억처럼, 추억처럼 말입니다. 올해도 어김없이 매미가 우는 여름이 돌아왔군요, 이 말을 몇 번이나 더 할 수 있을까요.

3장

모른 척하는 마음

"기다리는 시간도 꽃을 피우는 시간이었어요"

。   깨끗하게 포기하고
     단념할 줄도 압니다

산다는 건 꿈과 타협하는 일입니다.

젊었을 때라면 이 말 앞에서 격분했겠지만, 지금은 웃으며 고개를 끄덕입니다. 맞아, 꿈 그까짓 게 뭐라고.

이젠 내가 가질 수 있는 복이 뻔히 보인답니다. 가질 수 없는 것들은 깨끗하게 포기하고 단념할 줄도 알죠.
그런데 제대로 즐길 수 있는 건, 이걸 알고 나서부터랍니다.

◦ 　성취감보다는
　자부심이 중요합니다

하루가 어떻게 갔는지 모르겠습니다. 점심 먹을 시간도 없
이 바빴네요. 회의 자료를 정리하고, 기획안을 만들고, 이런
저런 통화를 하다 보니 어느새 저녁이 되었습니다. 아침에
초콜릿 두 조각과 오후 세시 쯤 집어 먹은 견과류 한 움큼이
오늘 먹은 것의 전부입니다.

　　퇴근 무렵, 사무실 옥상에서 커피를 마시며 임진강 쪽
으로 밀려 가는 노을을 멍하니 바라보았습니다. 일을 하기
위해 사는 건지, 살기 위해 일을 하는 건지⋯⋯. 죽음을 앞
둔 이들이 가장 후회하는 것 가운데 하나가 숙도록 일만 하

며 시간을 보낸 것이라고 하는데, 저 역시 그런 후회를 하게 되는 건 아닐까 하는 생각이 들었습니다.

요즘 많이 듣는 말이 '워라밸'입니다. 더 좋은 삶을 위해 일과 삶의 균형을 이루어야 한다는 말인 것 같은데, 솔직히 저는 지금까지 살아오며 일과 삶이 균형을 맞출 수 있다고 생각해 본 적이 없습니다. 어떻게 일과 삶을 두부 자르듯 정확히 분리할 수 있을까요. 일과 삶은 하나의 엉킨 줄기로 흘러갈 뿐입니다. 일에서 삶을 찾고, 삶의 성취를 일을 통해 이루는 것이 아닐까요.

그래서 자부심을 가지는 것이 중요한 것 같습니다. 글쓰기는, 음악은, 사업은 높은 언덕 위로 커다란 돌 하나를 밀고 올라가는 것과 같습니다. 돌을 번쩍 들어 단번에 정상에 올릴 수 있다면 좋겠지만, 현실에서 그런 일은 좀처럼 일어나지 않죠. 언덕 맨 아래부터 돌을 밀고 올라가야 합니다. 돌은 다시 굴러떨어지기도 하고 장애물을 만나기도 합니다. 운도 따라 주어야 하겠죠. 돌을 함께 밀어주는 사람도 나타날 것이고 방해하는 사람도 있을 겁니다. 언덕을 향해 돌을 끈질기게 밀고, 밀고, 또 밀어 가다 보면 어느날 우리가 원하는 지점에 닿을 수 있을 것입니다.

마침내 그곳에 도착했을 때, 성취감도 좋지만 자부심을 느끼게 된다면 좋겠습니다. 성취감은 시간이 지나면 사라지지만 자부심은 영원히 남죠. 성취감은 정상에 닿는 데서 나오지만, 자부심은 과정에서 나오기 때문이죠. 최선과 양심, 실패에 대한 떳떳함 등이 자부심을 가지게 하는 항목이 아닐까 싶습니다. 돌을 힘껏 밀어왔다는 느낌, 몸과 마음에 벅차게 남아 있는 그런 느낌, 아마도 그것을 '자부심'이라고 부를 수 있지 않을까요.

노을이 물러가고 어느새 어둠이 왔습니다. 별이 떴네요. 반짝이는 별을 보니 지친 마음이 조금이나마 위로가 됩니다. 하루를 온전히 내 것으로 살았다는 생각도 들고요. 하루의 끝에서 이런 뿌듯함이 든다면 그것으로 만족합니다. 바쁘게 일만 하고 하루를 보냈든, 후회없이 놀았든, 중요한 것은 스스로 만족하느냐, 아니냐의 문제일 것입니다.

○   인생에는 약간의 체념과
    포기가 필요합니다

사는 건 35㎜ 렌즈가 달린 카메라로 사진을 찍는 것과 별반
다르지 않은 것 같아요. 사진을 찍어보신 분을 알 겁니다.
더 많은 풍경을 담고 싶어 24㎜ 렌즈를 쓰고, 더 가까이 그
리고 자세히 찍고 싶어 200㎜ 렌즈를 사용하죠. 저 역시 그
랬습니다. 그런데 지금은 35㎜ 렌즈 하나만 사용합니다. 이
렌즈로 피사체를 찍으려면 적당히 다가가야 하고, 또 때로
는 적당히 물러나야 합니다.

  35㎜ 렌즈 하나로 모든 사진을 찍는 데는 한계가 있어

요. 담아낼 수 없는 풍경이 많죠. '아, 24㎜ 렌즈가 있었다면 좋았을 텐데' 하는 상황이 자주 생깁니다. 그럴 땐 그냥 안 찍습니다. '뭐, 이 사진 하나쯤 안 찍는다고 내 인생에 큰일이 생기겠어?' 하고 생각해 버리는 거죠. 그러고는 주머니에 손을 넣고 서서 그 풍경을 바라보며 즐깁니다.

그런데 35㎜ 렌즈로만으로도 정말 좋은 사진을 찍을 때가 있어요. 세상에는 오직 35㎜로만 찍을 수 있는 사진이라는 게 있는데, 그런 사진을 찍고 나면 내가 정말 멋진 사진가라는 생각이 들어 기분이 좋답니다. 가끔 그 사진들을 보며 미소를 짓곤 하죠. 내 인생에서 좋은 사진은 이 정도면 충분해. 모든 사진이 다 좋을 수는 없잖아. 이렇게 생각합니다. 맞아요, 내가 찍는 모든 사진이 좋을 수는 없고 그럴 필요도 없어요. 즐겁게 찍고 그러다 한두 장 건지면 되는 겁니다. 사는 것도 마찬가지인 것 같아요. 평범한 일상 중에 좋은 날 하루 이틀 있으면 그것으로 충분히 행복한 인생입니다.

이런저런 렌즈를 가지고 다니다 보면 어깨도 아프고 허리 디스크도 생깁니다. 렌즈는 하나면 충분해요. 이 렌즈로 찍을 수 있는 건 최선을 다해 잘 찍으려고 하고, 못 찍는 건 그냥 눈으로 즐기려는 자세, 그걸 아마도 '긍정'이라고 부를 수 있지 않을까요.

약간의 체념과 포기가 인생을 가볍게 만들어 주고, 가벼우면 더 즐길 수 있는 것 같습니다.

○　　질투하지 않고
　　내 행복을 가꿉니다

작가는 현실에 초연한듯 보이지만, 사실은 욕망 덩어리랍니다. 누가 자기보다 글을 더 잘 쓰면 질투가 나 부글부글 속이 끓죠. 그러다가도 누가 자기 글에 좋은 반응을 보이면 세상 다 가진 듯한 기분이 들고요.

　　저 역시 그랬습니다. 잘나가는 작가들을 보며 부러워하고 질투한 적이 많았죠. 남들은 저만치 앞서 달리고 있는데 홀로 뒤쳐진 것 같아 불안해 하기도 했고요. '나는 왜 아직 여기에 있는 거지? 제자리만 맴돌고 있는 것 같아, 지금까지 도대체 뭘 하며 살아왔던 거야'라고 자책하며 스스로에게 화를 내기도 했습니다.

그때의 저는 스스로 만든 감옥에 갇혀 있었던 것 같습니다. 끊임없이 제 자신을 괴롭혔죠. 그런데 사실, 제가 질투한 대상은 그리 뛰어난 사람도 아니었습니다. 내 옆에 있는, 나와 비슷한 고만고만한 사람들이었죠. 아마 다른 분들도 그럴 거예요. 우리를 극심한 질투심에 휩싸이게 하는 대상은 일론 머스크나 제프 베이조스가 아니죠. 대부분 우리 옆의 동료나 친구일 것입니다.

주위를 둘러보니 그때 제가 질투했던 작가들 가운데 보이지 않는 이들이 꽤 많습니다. 글쓰기를 포기한 이들도 있을 것이고, 싫증이 나서 그만뒀거나 더 좋은 일을 찾아 떠난 이들도 있을 것입니다. 이는 성공과 실패의 문제와는 또 다른 문제입니다만, 아무튼 주위에 남아 있는 사람이 지금은 몇 안 됩니다. 다들 어디서 뭘 하고 있을까요. 어쩌면 저 역시 그들에게는 사라진 작가일 수도 있겠죠. 하지만 이제는 그런 것에 그다지 신경 쓰거나 연연해하지 않습니다. 각자에겐 각자의 인생이 있고, 우리가 진심으로 열정을 바쳐야 곳은 인생의 즐거움을 만드는 데 있다는 걸 알고 있기 때문이죠.

질투는 후추와 비슷한 것 같아요. 살짝 치면 음식의 풍미를 올려주죠. 하지만 많이 치면 모든 걸 덮어버립니다. 강하고 매운 후추 맛만 남게 되죠. 질투는 내 마음 속 욕망이 무엇인지 알게 하고, 스스로를 발전시키는 데 도움이 되지만, 과한 질투는 우리의 눈을 멀게 하고 우리가 가진 재능을 덮어버리는 것 같아요. 질투를 하면 무리수를 두게 되죠. 판단력을 흐리게 하고 실수를 합니다. 실수가 잦으면 실패가 되는 것이고요.

이젠 질투 같은 건 하지 않습니다. 남의 행복이 커진다고 내 행복이 작아지는 것이 아니라는 걸 알게 됐으니까요. 아무렇지도 않은 듯 보이지만 사실은 모두가 슬퍼하고 있다는 걸 알고 있으니까요. 누군가의 슬픔에 대해 알게 되면 그를 질투하지 않는 법이랍니다.

◦　시간이 해결해 주길
　　기다려야 할 때도 있습니다

일을 하다 보면, 그리고 살다 보면 스스로 극복해 내야 할
것들이 있습니다. 주위에서 아무리 도와준다고 해도 결국은
자기 스스로 넘어야 할 것이 있죠. 그런데 때론 그 일을 시
간이 대신 해줄 때가 있습니다. 도저히 해결할 수 없을 것처
럼 보이던 일이 어느 날 마법이라도 부린 듯 스르륵 해결되
어 버리는 것이죠. 마치 처음부터 아무 일도 아니었다는 듯
이 말입니다.

　오십 정도 되면 어떤 일이 벌어졌을 때, '아 이건 시간

이 지나야 해결이 되겠구나' 하는 걸 직감적으로 느끼는 경우가 있습니다. 그럴 땐 조용히 노를 거두고 시간이라는 물살에 올라탑니다. 바람에 흔들리는 강기슭의 미루나무도 바라보고 강이 굽어지는 곳에서 반짝이는 윤슬도 감상하면서 그냥 흘러가는 거죠. 그렇게 흘러가다 보면 어느 순간, 다시 노를 저어야 할 때가 왔다는 걸 알게 됩니다(아마도 이걸 '연륜' 이라고 부를 수도 있지 않을까요).

모든 일을 해결하려고 하다 보면 진짜 인생을 잃어버릴 수도 있답니다. 골치 아픈 일은 시간에게 맡겨 두고 때론 모른 척하고 딴청을 피울 줄도 알아야 해요.

오직 '나여야만' 닿을 수 있는 곳이 있습니다

살면서 얻게 된 아주 유용한 깨달음이 있습니다. 이걸 알고 나서, 뭐랄까, 세상이 달라 보이더군요. 제 인생은 이 사실을 알기 전과 후로 나뉜다고 해도 과언이 아닙니다. 그게 뭐냐면……(여러분도 이미 다 알고 있을 겁니다만), 다른 사람과 나를 비교해 봐야 아무 소용이 없다는 것입니다. 왜냐하면 삶에는 성공도 없고 실패도 없으니까요. 각자의 삶이 있을 뿐이니까요.

어느 날 자기가 무엇을, 얼마나 가지고 있는지를 깨닫

게 되는 날이 옵니다. 자신이 연필로 태어났다는 걸 알게 된다는 거죠. 누군가는 지우개로 태어나고 또 다른 누군가는 컴퍼스로 태어납니다. 저는 연필로 태어났기 때문에 연필다운 일을 하려고 합니다. 자와 컴퍼스의 삶을 부러워하지 않습니다. 연필은 아무리 노력해도 반듯한 직선과 완벽한 동그라미는 그릴 수 없습니다. 그건 자와 컴퍼스의 일이거든요. 대신 멋진 글씨는 쓸 수 있겠죠. 그게 연필의 일이니까요. 제가 직선과 원을 그려야 할 땐 자와 컴퍼스에게 부탁하면 됩니다. 그럴 때 기꺼이 도움을 주는 자와 컴퍼스가 있다는 건 행운이죠. 물론 자와 컴퍼스가 글씨를 써야 할 일이 있을 땐 연필인 제가 달려갑니다.

컴퍼스와 비교하지 않으니까 질투를 하지 않게 되더라고요. 컴퍼스의 성공을 진심으로 기뻐하고 축하해줄 수 있게 되더군요. 남에게 잘 보이려고 노력하지도 않습니다. 사실 남들은 저한테 관심이 없어요. 관심이 있는 척할 뿐이죠. 어느 통계에 따르면, 열 명의 사람 중에 두 명은 나를 미워하고 한 명은 나를 좋아한다고 합니다. 그리고 일곱 명은 내게 관심이 없어요. 어떤 사람에게 화가 난다면 그 사람이 내 인생에서 정말 필요하고, 의미 있고, 중요한 사람인지 다시 한번 생각해 보곤 합니다. 대부분은 아니었습니다. 자기 인생에 아무 의미 없는 사람에게 인정받고 사랑받기 위해 노력하는 것만큼 헛된 수고는 없을 것입니다.

이게 인생을 얼마나 편하게 하는지 아는 사람은 알 것입니다. 우리가 겪는 불행의 상당한 부분은 비교와 시기, 질투에서 비롯되니까요. 다른 사람의 시선을 신경 쓸 필요가 없으니 하고 싶은 일을 자신만의 속도로 마음껏 하자는 긍정적 태도도 생겼습니다. 그러니까, 네 삶을 살아! 이렇게 제 어깨를 두드리며 격려하곤 합니다.

저는 이 글을 읽는 누구보다 성공하지도 않았고, 이 글을 읽는 누구보다 실패하지도 않았습니다. 다만 제 여행을 하고 제가 써야 할 글을 쓰며 제 삶을 살아갈 뿐입니다. 그리고 제 글을 조금 더 잘 쓰고 싶을 뿐입니다. 제가 쓴 글이 좀 더 많은 사람들에게 읽히고 그들에게 약간이나마 위로와 응원이 되었으면 하는 바람입니다. 그래서 제가 스스로 더 나은 사람이라고 느낄 수 있다면 그것으로 만족합니다.

오직 '나여야만' 닿을 수 있는 곳이 있답니다.

○ 다정하고 따뜻한 아저씨가
되려고 합니다

요즘 별것 아닌 사소한 것에 자주 감동하는 것 같습니다. 그만큼 나이가 들었다는 뜻이겠죠. 버스에 탈 때 운전기사님께서 "안녕하세요, 좋은 아침입니다"라고 말해주시면 기분이 좋아져서 다리를 모으고 앉는 얌전한 아저씨가 됩니다. 단골 편의점 알바생이 "오늘은 모자가 바뀌었네요"라고 말하면 일부러 원 플러스 원 상품을 사서 하나를 건네주는 인심 좋은 아저씨가 되고요. 지하철에서 어깨를 부딪친 학생이 "앗, 죄송합니다" 하고 말하면 오히려 제가 더 미안해하며 "괜찮아요?"라고 되묻는 배려심 깊은 아저씨가 되죠.

안녕하세요, 감사합니다, 미안합니다. 이 세 가지 말의 효능은 여행을 하며 일찌감치 깨달았습니다. 제가 이십 년 넘게 세계 곳곳을 큰 사고 없이 여행할 수 있었던 것도 이 세 가지 말 덕이 큽니다. 인도와 남아공, 브라질, 에콰도르 등의 험지를 헬로와 땡큐, 아임 쏘리로 무사히 지나왔죠.

여행뿐만 아니라 사는 데도 이 세 가지 말이 가장 힘이 세고 효과가 큰 것 같습니다. 많이 사용하면 사용할수록 좋기도 하고요. 만나면 인사하고, 고마우면 고맙다고 하면 됩니다. 미안하면 미안하다고 사과하면 됩니다. 사랑하면 사랑한다고 하면 되고요. 그런데 이 세 가지 말만큼 어려운 것도 없는 것 같아요. 어떨 땐 이 세 가지 말을 사용하는 것은 타고난 재능이 아닐까 하는 생각이 들 때도 있으니까요.

이제 와서 대단한 업적을 남기겠다는 각오 같은 건 없습니다. 다만 슬픔과 상실로 가득한 이 세상에서 다정하고 따뜻한 아저씨로 살아갈 수 있다면 하고 바랄 뿐입니다. 사사건건 지적질이나 해대는 그런 아저씨는 싫습니다. 그러기 위해 오늘도 사무실로 향하는 차 안에서 한 번씩 소리 내 발음해 봅니다. 안녕하세요, 감사합니다, 미안합니다.

◦ 　실수는 못 본 척하고
　　모른 척합니다

강의 시간에 어떤 학생이 실수를 했는데, 모든 학생들이 다 뒤돌아보더랍니다. 실수한 학생이 누구인지 확인하려고 그랬던 것이겠지요. 그런데 실수한 학생 앞에 앉은 학생만이 끝까지 뒤돌아보지 않고 앞을 보고 있었다고 합니다. 실수한 학생은 그 학생에게 따뜻한 마음을 느꼈다고 하더군요.

　누구에게나 자신만이 생각하는 '어른의 모습'이 있다고 한다면, 제가 생각하는 어른은 보고도 못 본 척하는 마음을 가진 사람인 것 같습니다. 우리는 누구나 실수를 하죠.

저 역시 제가 모르는 사이 많은 실수를 했을 겁니다만 다들 모른 척하고 넘어가 주셨겠죠. 그분들께 감사드립니다.

누가 실수를 하더라도 일일이 지적하기보다는 그럴 수도 있지, 뭔가 사정이 있겠지, 잠깐 착각했나보다 하고 여기면서 모른 척할 수 있는 사람이면 좋겠습니다. 누구나 막다른 골목에 다다르면 그릇된 행동을 할 때가 있으니까요. 시간이 지나면 다시 돌아와 길을 찾는답니다. 품위는 적당한 무관심에서 나오는 법이죠.

○　포기 역시 용기라는 걸
　　알았습니다

'노력하면 꿈은 이루어진다'가 아니라 '노력한다면 이룰 수 있는 꿈도 있다'가 맞는 말인 것 같습니다. 세상엔 아무리 노력해도 이룰 수 없는 것, 가질 수 없는 것들이 있거든요. 열심히 노력했지만 실패하는 경우도 허다하고요. 이유는 없어요. 사는 건 원래 그런 겁니다. 당신 탓이 아니에요. 단지 운이 나빴을 뿐입니다.

　그런데 때로는 포기가 더 나은 선택일 때도 있더라고요. 세상은 끊임없이 도전하고 끝까지 노력하라고 말하지만, 포기하고 더 큰 만족을 얻은 경우가 많았습니다. 폭파 전문가의 길을 걷다가 맥주 양조장을 운영하는 분도 보았고, 변호사로 일하다가 지금은 작가로 활동하고 있는 분도 있습니다. 미국의 유명한 작가인 존 그리샴 역시 10년 동안 변호사로 일하다가 전업 작가의 길을 걷게 됐죠. 그의 법정 스릴러 소설들은 전 세계적으로 수백만 부가 판매되었고, 여러 작품이 영화화되었습니다.

포기와 실패는 구분할 필요가 있는 것 같아요. 실패가 원치 않는 결과라면, 포기는 때로 의도적인 선택일 수도 있거든요. 실패는 내가 통제할 수 없는 요인들, 예를 들어 시장 상황의 변화, 예기치 못한 사건 등으로 발생하는 경우가 많지만, 포기는 내가 통제할 수 있는 상황에서 내가 결정을 내리는 것이니까요. 나의 의지로 현재의 상황을 멈추고 새로운 길을 선택하는 것이죠. 포기할 타이밍을 놓쳐 더 큰 손해를 본 적이 있잖아요. 적절한 시기에 포기하는 건 오히려 용기입니다.

살아 보니 모든 걸 가질 수는 없더군요. 인생은 하나를 얻기 위해서는 하나를 내놓으라고 하더라고요. 다 가지려 할 때가 아니라 하나를 깨끗하게 내놓을 수 있을 때 행복이 더 가까이 온다는 걸 알게 됐어요. 이젠 내가 진정으로 원하는 것이 무엇인지를 알고 있으니 깨끗하게 포기할 줄도 압니다.

아주 오랜 옛날의 저를 돌아보는 새벽입니다. 독서실에서 시를 쓰던, 도서관에서 소설 필사를 하던, 무거운 카메라 가방을 오토바이에 싣고 라오스의 흙먼지 길을 달리던 제가 있습니다. 그것들을 위해 저는 많은 걸 포기해야 했죠. 하지만 후회하진 않습니다. '잘했어' 하며 옛날의 저를 꼭 껴안아 줍니다. 그때 전 포기한 게 아니라 더 나은 선택을 위해 용기를 낸 것이었으니까요.

○　　무례한 태도는
　　　　무시해 버립니다

가끔 이메일로 강연이나 잡지 기사 작성을 위해 코멘트를
해달라는 의뢰를 받습니다. 어떤 이는 예의를 갖춰 정성스
럽게 작성해 보내오지만, 어떤 이는 성의 없게 몇 줄 적고
맙니다. 부탁을 하는 건지, 지시를 하는 건지 헷갈릴 정도
죠. 해도 되고 안 해도 그만이라는 이런 식의 태도에는 성의
없다는 것을 넘어 종종 무례하다고 느낄 때가 있습니다. 뭐,
이런 메일은 조용히 휴지통으로 옮깁니다. 이런 건 조용히
무시할 줄 아는 나이가 됐거든요.

신기한 건, 이런 식의 태도로 상대방이 부탁을 들어줄 것이라 생각하고 있다는 것입니다. 물론 메일을 길게 써야만 정성을 갖춘 것처럼 보인다는 말이 아닙니다. 아무리 간단한 메일을 쓰더라도 상대방에게 예의를 갖출 수 있지는 않을까요. 날씨 이야기를 늘어놓거나 이런저런 안부를 물어보라는 게 아닙니다. 약간의 형식을 갖추면 된다는 말입니다. 어쨌든 예의를 갖춘다면 더 좋겠지만, 적어도 무례하지만 않아도 인생이 훨씬 스무스해지지 않을까 하는 생각이 드는군요. 나이가 들수록 사소한 일을 대충 여기는 사람을 믿을 수 없게 됩니다.

　　가끔 무례함과 솔직함을 혼동하는 경우가 있는 것 같습니다. 상대방에 대한 존중과 배려가 빠진 솔직함은 폭력과 다르지 않을 것입니다. 상대방이 상처를 받았다면 그건 솔직한 것이 아니라 무례한 것이 아닐까 싶습니다. 특히 오십 대에는 굳이 하지 않아도 될 말들을 하지 않아야 합니다. 살이 쪄 보인다거나, 부쩍 나이 들어 보인다거나 하는, 외모에 관한 이야기는 정말 실례죠. 안 하니만 못합니다. 한 마디로 배려가 없는 거죠. 기타노 다케시도 "안되는 놈들은 배려가 전혀 없다. 남의 기분을 배려해서 행동해야 한다는 생각 자체가 아예 없다"라고 조금은 난폭하게 이야기했죠.

솔직함은 종종 너무나 어려워요. 그래서 저는 '솔직히 말하자면'이라는 말을 되도록이면 사용하지 않으려고 합니다.

○　언제나 겸손하려고
　　노력합니다

나이가 들수록 중요해지는 덕목을 꼽으라면 '겸손'이 아닐
까 싶습니다. 젊은 시절에는 성공과 성취를 오직 자신의 능
력만으로 이룬 것이라 생각했지만, 아니더군요. 상당 부분
은 행운과 우연에 기대고 있다는 걸 알게 됐습니다. 성공한
많은 이들이 이 사실을 알고 있고, 그래서 그들은 더 겸손
하더군요.

　　겸손은 멘탈 관리의 영역인 것도 같습니다. 우리가 몰
락하는 이유는 경쟁자 때문이 아니라, 스스로에 대한 관리

부족 때문일 때가 많죠. 멘탈이 흔들릴 때 가장 큰 적은 자신이 되는데, 겸손은 자신을 돌아보게 하고 더 강하게 만들어 흔들리지 않게 합니다.

인간은 대부분 변하지 않지만, 겸손한 자세로 살기만 한다면 인생을 서서히 좋은 쪽으로 끌고 갈 수 있다고 생각합니다.

중년 이후 인간이 가질 수 있는 모습 중에서 겸손한 인간보다 더 품위 있는 모습은 없는 것 같습니다.

○　더 따뜻한 방법을
　　찾으려고 합니다

인간의 특징 가운데 하나는 조롱하고 비아냥댈 수 있다는 것이 아닐까요. 조롱의 대상보다 자신이 조금이나마 나은 사람이라는 기분을 느낄 수 있기 때문에 그러는 것이 아닐까 싶습니다. 하지만 그건 잠깐의 승리감에 스스로 도취된 것일 뿐입니다. 누군가를 열심히 깎아내리기는 사람은 자기 꼴이 거지 같기 때문이죠. 조롱과 비아냥은 그들이 할 수 있는 가장 값싼 행동이랍니다. 조롱과 비아냥으로는 결코 승자가 될 수 없어요.

저 역시 그럴 때가 있었습니다. 아니 많았던 것 같네요. 물론 지금보다 젊었을 때죠. 그 시절을 떠올리면 얼굴이 화끈거립니다. 쥐구멍이라도 찾아 숨고 싶어요. 지금도 제 주위에는 비아냥대는 사람들이 있는데, 이제 '마음의 습관'처럼 굳어진 것 같아요. 제 뒤에서 저를 비웃고 있는 그들을 크게 신경 쓰지 않습니다. 바실 로마첸코의 말처럼 그들이 제 뒤에 있다는 것을 알기 때문이죠. 사람들은 자신감이 있을 때는 자랑을 하고 약해져 있을 때는 남을 비난한답니다.

어떤 의견을 내야 한다면, 그것이 조롱과 비난이 되지 않도록 조심하려고 합니다. '분명 더 좋은 방법이, 더 따뜻한 말이 있을 거야' 하고 한 번 더 고민해 봅니다.

○   충고는 되도록
      하지 않으려고 합니다

말을 많이 한 날은 피곤합니다. 그만큼 후회도 큽니다. 마음 한구석에 '괜한 말만 했어' 하는 생각이 짙게 남아 찝찝합니다. 나는 교훈이라고 생각하고 말하지만, 남에게는 잔소리 그 이상도 이하도 아닐 겁니다. 집으로 오는 버스 안에서 오늘 그에게 했던 말을 되짚어 봅니다. 내가 한 말 대부분은 그가 이미 생각하고 있던 것이겠죠.

주위에는 언제나 적극적으로 충고를 해대는 인간이 한 명쯤은 있게 마련입니다. 어디 충고할 기회가 없을까, 하고 늘 눈을 크게 뜨고 두리번거리고 있죠. 그들은 충고한다는 행위 자체를 통해 희열을 얻으려고 하는 것뿐인 것 같아요. 그저 자기가 하고 싶은 말을 하는 것에 불과하죠. 그런 이야기를 듣고 싶어 하는 사람은 아무도 없을 것입니다. 내가 그렇게 보이진 않았을까, 충고와 조언이랍시고 그에게 무례했던 것은 아닐까 싶어 후회가 됩니다.

어떤 심리학자가 이렇게 말했죠. "진정한 충고는 충고를 하면서 내 마음이 아파야 한다." 그래서 충고는 되도록이면 하지 않으려고 합니다. 마음이 아플 자신이 없어요. 대신 글을 씁니다. 충고를 하는 가장 좋은 방법은 유명해져서 책을 쓰는 것이 아닐까 싶습니다. 돈을 내고 그 책을 사는 사람은 그만큼 충고가 필요한 사람일 테니 말입니다.

지혜는 듣는 데서 생기고 후회는 말하는 데서 생긴다고 했던가요. 나이가 들수록 도서관에 갑시다. 잠자코 있으면서도 무언가를 배울 수 있는 곳이니까요. 살아 보니, 시간을 가장 잘 사용할 때는 여행할 때와 도서관에 있을 때 같고, 충고는 적을 만드는 가장 쉬운 방법인 것 같습니다.

○　누군가에게 조금이라도
　　도움이 되려고 애씁니다

일을 하면 할수록, 살아가면 살아갈수록 세상은 온통 이상한 사람투성이고, 희한한 일이 아무렇지도 않게 일어난다는 걸 알아가고 있습니다. 사랑 같은 데 모든 걸 걸자고 외치는 사람보다는 해야 할 일을 요령껏 하고 사는 사람이 이 세상에 훨씬 도움이 된다는 것도요.

　세상에는 별다른 이유 없이 일어나는 일들이 많죠. 네, 맞아요. 그냥 그 일이 일어나야 하기 때문에 일어난 것뿐입니다. 어느 정신과 의사가 50년간 15만 명이나 되는 환자를 돌보고 난 후 이렇게 결론 내렸다죠. 인생은 필연보다 우연에 좌우되고, 세상은 생각보다 훨씬 불합리하고 우스꽝스러운 곳이었다고 말입니다.

가야 할 것은 가고 와야 할 것은 옵니다. 잡아도 가고, 막아도 옵니다. 인생은 어쩔 수 없는 것 투성이고, 이 어쩔 수 없는 것을 아마 '운명'이라고 부르는 것이 아닐까요. 간단하게 정리하자면, 인생이란 이상한 일들과 사람을 겪으며 예상치 못한 사건 속에서 살아가는 과정이라는 것입니다. 그 속에서 해야 할 일을 하며 하루 하루를 밀고 나가는 것, 그 이상도 그 이하도 아닌 거죠.

그래서 훌륭한 사람이 되려 하기보다는, 고집스러운 사람이 되지 않도록 노력하고 있습니다(겪어 보니 제일 힘든 사람이 고집이 센 사람이더군요). 내가 누군가에게 준 약간의 선의와 도움이 그에겐 엄청난 행운이었으며, 내게 온 엄청난 행운이 사실 누군가가 보낸 약간의 도움이었다는 것을 알고, 누군가에게 약간의 도움이라도 주기 위해 애쓰고 있습니다.

고집부리지 않고 약간의 선의를 베푼다는 생각, 그게

인생을 더 나은 방향으로 이끄는 것 같아요. 그렇게 살면 적
어도 삼류는 되지 않는다고 생각합니다.

'선의'라는 도구로 삶을 더
아름답게 가꿉니다

지난번 책을 내고 처음으로 북토크라는 걸 했습니다. 에세이 『사랑하기에 늦은 시간은 없다』를 펴내고 출간 기념으로 가진 자리였습니다. 작가 생활을 한 지 이십여 년 만에 처음으로 해본 북토크였습니다. 게스트로 나간 적은 몇 번 있었고 강연을 한 적은 많았지만, 제가 쓴 책으로 독자들과 만나는 자리는 처음이었습니다. 조금 떨렸지만, 다행히 아주 따뜻하고 다정한 자리가 됐습니다.

저는 글을 쓰는 작가이기도 하지만 책을 만드는 편집

자이기도 합니다. 그날 북토크 자리에서 누군가 묻더군요. "후배나 선배들의 책을 만드는 이유가 무엇인가요?" 여기에 대한 답으로 먼저 여행에 대해 이야기해 볼게요. 제가 오랫동안 여행을 계속할 수 있었던 이유는 '선의' 때문이었습니다. 길을 잃고 헤맬 때면 누군가가 불현듯 나타나 제 손을 잡아 이끌어 주었습니다. 목말라하는 제게 물이 담긴 컵을 선뜻 내밀었고, 폭우가 내리는 어느 날에는 비를 피하라며 저를 처마 밑으로 이끌기도 했습니다. 그들은 저와는 아무 상관도 없는 낯선 이들이었지만, 저는 그들의 선의에 기대 무사히 여행을 마칠 수 있었습니다.

제가 책을 만드는 이유에는 좋은 책을 만들고 싶다, 책을 만들어 약간이나마 돈을 벌고 싶다 같은 이유도 있지만, '선의'라는 마음의 행동도 약간은 들어 있습니다. 제가 받은 선의를 갚는 방법은 다른 사람에게 선의를 베푸는 것이 아닐까 생각하거든요. 저 역시 오랫동안 여행작가로 살아왔습니다. 그래서 다른 여행작가들이 겪는 어려움을 대충이나마 알고 있습니다. 그들이 지금 겪고 있는 우울과 고생, 슬럼프를 저 역시 경험했습니다. 그때마다 많은 이들이 제게 손을 내밀어 주었고, 저는 그 손을 잡고 어려운 시기를 헤쳐올 수 있었습니다.

이젠 세월이 흘렀고, 저는 그때 그들에게서 받은 선의
와 시행착오를 겪으며 얻게 된 저의 경험을 조금이나마 되
돌려 주고 싶습니다. 작가로 살다 보면 어떤 한순간을 정리
하고 털어내야만 다음 단계로 넘어갈 수 있다는 걸 느낄 때
가 있어요. 그걸 못하면 그 자리를 뱅뱅 맴돌다가 주저앉게
되는 경우가 많습니다. 제가 만드는 그들의 책이 그들의 긴
긴 여정에 물 한 모금의 도움이라도 되었으면 하는 마음입
니다. 신세는 그것을 진 사람에게 갚는 것이지만, 선의는 다
른 사람에게 갚아도 되는 것이 아닐까 생각합니다.

내가 받은 선의를 다른 여행자에게 갚는 것. 이건 여
행자의 기본 수칙입니다. 이만큼 살아 보니 사는 것도 여행
과 크게 다르지 않더군요. 목적지에 닿는 것도 중요하지만
여정이 더 중요하더라고요. 선의는 우리의 여정을 더 아름
답고 의미 있게 만들어 줍니다. 그래서 '삶은 여행'이라고
하는지도 모르겠습니다.

이젠 과거의 원한을 생생하게 기억하는 것은 본능이

고, '선한 의지'는 습관이라는 것을 압니다. 선의는 노력하고 연습하면 누구나 가질 수 있는 것 같아요. 기억합시다. 어쩌면 우리가 기적이라고 생각한 많은 성취들이 누군가의 작은 선의에서 시작된 것일 수도 있다는 것을요.

°   남의 접시는
     탐하지 않습니다

이젠 많이 먹지 못합니다. 아무래도 나이가 들었고, 소화 기
능이 떨어진 탓이겠죠. 아주 먹고 싶은 음식이 있었어도 몇
점 먹으면 시들해 집니다. 이미 먹어 본 맛이니까 그렇지 않
을까요.

그래서 맛있는 부분은 먼저 먹습니다. 옛날엔 맛없는
걸 먼저 먹고, 맛있는 건 아껴서 나중에 먹었죠. 그런데 그
렇게 먹으니 맛을 제대로 못 느낀다는 걸 알게 됐습니다.

너무 배고플 때까지 참지 않습니다. 허겁지겁 먹게 되

고 과식하게 되더라고요. 적당히 배고플 때 먹는 음식이 가장 맛있습니다.

내가 좋아하는 음식이 무엇인지를 알고, 내가 먹어야 할 음식도 압니다. 좋아하는 음식도 적당히 먹으려고 하고, 맛이 없지만 먹어야 할 음식은 일부러 조금이라도 먹으려고 합니다.

유통 기한이 지난 음식은 눈 딱 감고 버립니다. 남의 접시는 탐하지 않고요.

떠들썩한 자리를 파하고는 혼자 조용히 걷습니다. 소화도 시키고 즐거웠던 시간을 떠올리며 말입니다.

사람과의 관계도 음식을 먹는 것과 별반 다르지 않은 것 같습니다. 음식을 좋아한다고 아무 음식이나 집어 먹으면 탈이 나죠. 남들이 좋아한다고 나도 꼭 좋아해야 한다는 법도 없죠. 내게 맞는 음식이 있더라고요.

내가 무슨 음식을 좋아하는지 사람들은 별로 신경쓰

지 않습니다. 그냥 할 말이 없으니 쓸데없는 질문이나 하고 충고나 할 뿐이에요. 내가 먹고 싶은 음식이 무엇인지 내가 아는 것, 그게 가장 중요한 것 같아요.

파커 J. 파머가 『모든 것의 가장자리에서』라는 책에서 "나는 매일 모든 것의 끝자락에 가까이 다가간다. 물론 우리 모두는 그쪽을 향해 움직인다"라고 했습니다. 네, 맞아요. 우린 모두 조금씩 조금씩 끝을 향해 가며 희미해지고 있어요. 그래서 이젠 내가 정말 좋아하는 음식을 먹고 싶은 거고요. 모든 사람과 애써 잘 지내고 싶지도 않은 거고요.

o 매일 매일
   내가 하는 일에 대해 생각합니다

경기도 용인에 '고기리 막국수'라는 곳이 있습니다. 정말 맛
있는 막국수를 내는 곳이랍니다. 저도 이 집 막국수를 좋아
합니다. 며칠 전 인터넷에서 그 집 사장님께서 쓴 글을 보게
됐습니다. 김치말이막국수 사진과 함께 '매일 매일 자신이
하는 일에 대해 생각한다'라는 내용의 글을 올리셨더군요.
그게 1년, 2년이 쌓이면 수십 년 국숫집을 한 사람보다 더
맛있는 국수를 만들 수 있다는 말과 함께요.

무릎을 탁, 쳤습니다. 정말 맞는 말이거든요. 국수를
만드는 일도 그렇고, 글을 쓰는 일도 그렇습니다. 매일 매일

자기가 하는 일에 대해 생각한다는 것, 그건 정말 중요한 일입니다. 전철을 탈 때나, 누군가를 기다릴 때, 거리를 걸을 때 국수에 대해 혹은 글쓰기에 대해 생각하는 거죠. 어떤 생각이라도 상관없어요. 무엇을 써야 할까, 반죽을 어떻게 해야 할까, 나는 어떤 글을 쓰고 싶은 것일까, 더 깊고 깔끔한 맛의 육수를 낼 방법은 없을까…… 생각할 건 너무나 많죠. 제가 글을 쓰고 싶은 분들께 매일 3,000보를 걸어 보시라고 하는 이유도 여기에 있습니다. 3,000보를 걷기 위해서는 적어도 20~30분은 걸리거든요. 그동안 글쓰기에 대해 생각해 보는 거죠.

아무것도 아닌 것 같지만 이걸 딱 일 년만 하면 웬만한 사람보다 훨씬 더 글을 잘 쓰게 될 겁니다. 글쓰기뿐만이 아닙니다. 당신이 사진을 찍든, 음악을 만들든, 국숫집을 하든 마찬가지예요. 매일 매일 자기가 하는 일에 대해 생각해 봅시다.

국숫집 사장님은 이렇게 말씀하시더군요. "당신의 경쟁자들은 생각보다 고민을 하지 않는답니다."

○　천사는 웃으며
　　도와주지 않습니다

다음은 오십에 깨달은 몇 가지 사실들입니다.

경험은 돈으로 사야 하는 것입니다

가보지 않으면 알 수 없습니다. 좋은 물건인지는 돈을
주고 사서 써보아야 합니다. 이젠 경험을 돈을 사야 할 나이
입니다. 공짜인 것은 공짜인 이유가 있는 법입니다.

배고플 땐 장을 보지 않습니다

힘들 때일수록 신중해야 합니다. 더 이상 엉망이 될

200

수 없을 정도로 지금 내 상태가 엉망일 때, 더 이상 나빠질 수 없다고 느끼고 있을 때, 이때 다가오는 다정함을 경계합시다. 악惡은 내가 가장 지쳐있을 때 따뜻한 손을 내민답니다. 누군가 그러더군요. 배고플 땐 장을 보지 말라고요.

기대보다는 각오입니다

인생에도, 일에도 기대를 하지 말고 각오를 합니다. 서운함과 실망감은 잘될 것이라고, 성공할 것이라고 기대했기 때문에 생기는 것이 아닐까요. 인생은 불행이, 사업은 실패가 기본값입니다. 나는 당신이 겉으로는 웃고 있지만 속으로는 엄청난 불행을 안고 있다는 걸 알고 있습니다. 당신의 사업이 힘들다는 것을 알고 있어요. 가끔 행복감을 느끼고 일이 그럭저럭 할 만하다고 느끼고 있다면 그건 정말 다행이라고 생각합니다.

습관이 인생을 끌고 갑니다

습관을 만들기 위해서는 아주 많은 노력과 시간이 필요합니다. 그리고 고통스럽죠. 결심만으로 만들어지는 것은 없습니다. 인생을 끌고 가는 것은 습관인데, 습관은 생각하는 자를 싫어한답니다. 그냥 합시다. 꾸역꾸역. 나쁜 습관은

나쁜 곳으로, 좋은 습관은 좋은 곳으로 우리의 인생을 끌고
갑니다.

산소호흡기는 나부터

비행기를 타면 구명장비 사용법을 먼저 배웁니다. 언
제든 비상 상황이 발생할 수 있기 때문이죠. 비상 상황에서
는 산소호흡기가 내려오는데, 나부터 써야 합니다. 인생도
일도 마찬가지 아닐까요. 나는 다른 누군가를 위해서가 아
닌 '나를 위해' 살고 있습니다. 일단 나부터 챙깁시다.

천사는 웃으며 도와주지 않습니다

인간은 원래 자기가 해준 것만 기억하고, 받은 건 쉽
게 잊어버리는 법이죠. 누군가에게 호의를 받았다면 진심으
로 고마워합시다. 특히 내 부탁을 찡그린 표정으로 도와준
그들 말입니다. 찡그린 표정은 하기 싫은 일을 억지로 했고
나를 위해 자신의 시간과 노력, 비용을 감내했다는 뜻이 아
닐까요. 진정한 천사가 있다면 그들일 것입니다.

이 고난은 나에게 무엇을 가르쳐 주려고 하는가

전화위복. 모든 일은 좋은 방향으로 가고 있지만 지금

잠깐 힘든 여정에 들어섰을 뿐이라고 생각해야 합니다. 지금 지옥에 있다면, 지옥에서 탈출하는 방법은 앞으로 걸어가는 수밖에 없어요.

충분히 괜찮은 사람입니다

수많은 고난과 슬픔에도 불구하고, 끝없는 외로움을 견디며 여기까지 왔다면, 그것만으로도 당신은 충분히 괜찮은 사람입니다.

◦   단점보다는
   장점을 보려고 합니다

저는 단점 그리고 약점이 많은 사람입니다. 가장 큰 단점을
꼽으라면 아마도 우유부단한 성격이 아닐까 싶습니다. 결정
을 쉽게 내리지 못하거든요. 조금 충동적이기도 합니다. 이
게 과연 필요할까, 생각하지도 않고 덜컥 사버릴 때가 있습
니다. 물론 나중에 후회하죠. 거절을 잘하지도 못합니다. 나
중에 끙끙 앓으며 후회하는 경우가 많죠. 아무튼 저는 단점
이 많은 인간입니다.

   그렇지만 쓸만한 점도 꽤 있답니다. 저 스스로 말하기

에는 좀 쑥스럽지만 한 가지만 말하자면…… (역시 쑥스럽네요) 뭐, 아무튼 몇 가지 장점이 있습니다.

　당신 역시 저와 마찬가지로 단점이 많을 겁니다. 결단력이 있지만 때때로 서두르다가 일을 그르치기도 할 겁니다. 집중력이 뛰어나지만 인내력이 없을 수도 있어요. 그래도 당신은 장점이 더 많은 사람이라는 걸 저는 알고 있습니다. 섬세하면서도 인내심이 강하죠. 상대방의 잘못을 모른 척 넘어가 주는 너그러움도 가지고 있습니다. 제가 당신을 좋아하는 이유이기도 하죠.

　예전엔 단점을 받아들이기 참 힘들었습니다. 어떻게든 고치려고 노력했죠. 그리고 감추기에 급급했습니다. 지금은 그러질 않습니다. 살아오면서 완벽하고 완전한 것은 없다는 걸 알게 됐으니까요. 단점과 약점, 결점은 고치고 감추는 게 아니라 장점과 매력으로 덮는 것이더군요. 그래서 단점은 '들추는 것'이라고 하나 봅니다.

　세상은 혼자 사는 게 아닙니다. 누군가에게 의도치 않은 폐를 끼치기도 하고 실수를 저지르기도 하죠. 때론 도움을 받고 그 신세를 갚기 위해 노력합니다. 당신도 누군가의 실수를 모른 척 넘어갈 때가 있잖아요. 도움을 받고 도움을 주는 것이 삶의 기본 원리죠. 우리는 무결한 존재가 아닙니다. 내가 가진 단점과 약점 역시 저의 일부분이며, 그것까지 자신의 삶 속으로 끌어들여 끌어안을 때야 비로소 온전한 삶이 이루어지는 게 아닐까 싶습니다. 살다 보면, 순순한 인정과 홀가분한 체념이 필요하더군요.

단점을 고치는 것도 좋지만, 장점을 더 살리는 게 맞지 않나 하는 생각이 듭니다. 사람으로 태어난 이상, 단점이 없을 수 없다는 것을 인정하고, 장점을 키우기 위해 노력한다면 우리는 더 가능성 있고 매력적인 사람이 될 수 있을 겁니다. 단점 정도는 아무것도 아닌 것으로 보이게 하는 그런 사람 말입니다.

당신이 완벽했다면 저는 당신을 좋아하지 않았을 수도 있습니다. 당신을 차갑고 냉정한 사람으로만 생각했을 수도 있습니다. 저는 당신의 단점이 좋아요. 그 단점과 약점 때문에 제가 당신 옆에 있어야 하는 필요를 느끼니까요. 당신의 단점과 약점이 저를 당신에게 소용 있는 사람으로 만들었습니다.

당신의 단점과 제 약점 사이에는 '위로'라는 단어가 있습니다. 그 단어는 우리가 서로를 감싸고 이해하려는 과정에서 생겨난 것이랍니다.

○   애써 이해시키려
        하지 않습니다

일을 하다 보면 일이 아니라 대결을 하려는 사람과 종종 만납니다. 외나무다리에서 마주친 것 같아요. 내가 이기나 네가 이기나 하며 노려보는데, 그냥 비켜 드립니다. 한 발짝 물러서며 '먼저 지나가세요'라고 말하는 것보다 더 예의 있는 인간의 모습은 없는 것 같습니다.

모든 일에 잘잘못을 따지는 사람도 있더군요. "그래서 내가 잘못했다는 건가요?" 이렇게 말하는 사람 앞에서는 저절로 입을 다물게 됩니다. 잠자코 가만히 있는 건, 그래 봐야 바뀌는 게 없다는 걸 알고 있기 때문입니다. 쓸데없는 일에 에너지를 낭비하고 싶지 않다는 뜻이죠.

남을 이해시키려고 굳이 애쓰지도 않습니다. 이해는 어느 순간 자연스럽게 일어나는 작용입니다. 어떤 이해는 평생이 걸리기도 하고, 어떤 이해는 그리 많은 시간을 필요로 하지 않더군요. 애써 이해하려고도 하지 않습니다. 때로는 기다리는 게 최선입니다. 기다리다 잊어버리면 더 좋고요.

사람을 좋아하는 것도, 미워하는 것도 의외로 오래 가지 않는 감정이라는 걸 알게 됐습니다. 좋아하는 감정은 호들갑스럽게 내보이지 않고, 미워하는 마음은 덤덤하게 표현하려고 애씁니다. 웬만하면 묻어두려고 하고요.

사는 건 대결이 아닙니다. 승패 같은 건 별 의미가 없어요. 어느 훗날, 좋은 게임이었어 하고 말할 수 있다면 좋겠습니다. 쿨하게 말입니다.

°   흘려보낼 건
      흘려보냅니다

옛날엔 어떤 일에 대해 아주 심각하게 생각했습니다. 모든
걸 이해하려고 애썼죠. 지금은 뭐 흘려보낼 건 흘려보냅니
다. 다 옛날 일이 될 걸 알기 때문이죠.

○ 인연, 눈이 녹듯 가고
   꽃이 피듯 옵니다

액세서리를 거의 하지 않는 편입니다. 그다지 좋아하지도 않고요. 목걸이나 반지는 아예 하질 않습니다. 시계도 잘 차지 않는 편이에요. 있긴 하지만 차는 걸 자주 깜빡합니다. 버스 정류장에 와서야, 아차 시계를 깜빡했군 하죠. 유일하게 가끔 착용하는 건 팔찌인데, 외출할 때 뭔가 조금 다른 기분을 내고 싶을 땐 심플하고 얇은 가죽 팔찌 하나 정도를 두르기도 합니다.

며칠 전에는 간만에 약속이 있어, 팔찌라도 해볼까 하고 찾았는데 아무리 서랍을 뒤져도 안 보이더라고요. 스페

인에서 산 까만 가죽 팔찌인데 나름 아끼는 것이었죠. 잠깐 찾아 보다가 약속 시간이 가까워 찾기를 포기했습니다. 전철 안에서 어디 갔을까, 언제 마지막으로 찼지 하고 곰곰이 생각해 보았는데 도저히 모르겠더라고요. 아쉬운 마음이 없는 건 아니었지만, 사라질 때가 되어 사라진 거겠지 하고 생각하고 말았습니다.

인연도 그런 것 같습니다. 문득 옆을 보면 나도 모르는 사이에 다가와 옆에 앉아 있고, 어느날 옆을 더듬으면 휑하니 빈 자리입니다. 참 사소한 것으로 이어지고, 별일 아닌 것으로 헤어지는 것이 사람의 일인 것 같습니다. 가을이 되어 잎이 나무에서 떨어지듯 사람의 인연이라는 것도 자연스럽게 끝이 나더군요. 올 때는 영영 함께 할 것 같았는데, 떠나갈 땐 작은 기척조차 없습니다.

젊었을 때는 사람이 전부인 양, 온갖 것에 의미를 다부여하며 사소한 것 하나하나를 대단한 것처럼 생각했지만, 나이가 들면서 사람의 관계라는 게 그렇게 거창한 게 아니라는 걸 알아가고 있습니다. 그래서 헤어짐에 너무 안타까워하지도 실망하지도 않으려고 합니다. 애써 붙잡으려고도 하지 않고요. 물건이든 사람이든 정성을 다하고 아낄 것이라 생각하되 그렇지 못하더라도 슬퍼하진 말자고 마음먹곤 합니다. 사라졌을 때, 헤어졌을 때 아쉬운 마음이 들면 인연이었구나, 하고 생각하는 거죠. 영 섭섭치는 않으니 그것으로 됐다 여기면 마음이 그럭저럭 괜찮습니다.

갈 사람은 눈이 녹듯 가고, 올 사람은 꽃이 피듯 옵니다. 떠나간 그 사람은 그 사람의 자리에서 잘살고 있으니 걱정 마시고요, 우리는 각자의 인생에 조금 더 집중하도록 합시다.

좋은 일을 하면
운이 찾아온다고 믿습니다

'선업善業'이라는 것을 믿습니다. 젊었을 땐 그러지 않았는데 말입니다. 뿌린 만큼 정확하게 거두는 건 아니겠지만, 얼추 비슷하게는 거둔다고 생각합니다. 인생은 언뜻 보기엔 상당히 복잡한 것 같지만, 살아 보니 대충 몇 가지 커다란 원칙으로 움직이는 것 같더라고요. '인과응보', '권선징악' 같은 것들이죠. 그래서 좋은 일을 하면 운이 찾아온다고 믿으며 웬만하면 바르게 생각하려고 합니다. 반대로 나쁜 일을 하면 오던 운도 달아나겠죠. 뭔가 하는 일이 잘 풀리지 않거나, 운이 따르지 않는다는 느낌이 들 때는 오히려 아주 작은 일이라도 좋은 일을 하려고 하는 것도 이 때문입니다. 나중에 더 큰 일을 할 때 운이 찾아오리라 믿으면서요. 이러지 않으면 난관을 헤쳐 나갈 수 없거든요. 인간은 나약한 존재라서 나쁜 환경에서 유혹에 더 쉽게 넘어가고, 결국 나쁜 사람이 될 수밖에 없으니까요.

○　나 자신의 모습으로
　　살아가려고 합니다

살아가면서 인생을 걸 만한 일이 글쎄, 어떤 게 있을까요?

　　지금까지 글을 쓰고 사진을 찍고 책을 만드는 일을 해왔지만, 이 일이 제 인생에서 가장 중요한 일이라고는 생각하지 않습니다.

　　시간은 내가 가질 수 있는 것과 가질 수 없는 것이 있다는 것을 알게 해주더군요.

　　산다는 건, 매일 매일 조금씩 사라지는 걸 목격하는

일입니다. 슬픈 일이죠.

'인생은 한 번 뿐이고 삶은 유한하다.'

중요한 결정을 내려야 할 때마다 이 문장을 떠올립니다. 지금 이 순간의 나에게 조금 더 좋은 결정을 내릴 수 있도록 말입니다.

온전히 나 자신으로만 살아도 충분히 괜찮다고 타이르곤 합니다.

○　인생은 우리가
　　꼭 봐야 할 것을 보여줍니다

세상엔 내가 통제할 수 있는 것보다 그럴 수 없는 것이 더
많고, 어쩔 수 없는 일이 곳곳에 도사리고 있습니다. 뭐랄까
요, 어차피 내 인생에서 일어날 일은 틀림없이 일어날 것이
고, 일어나지 않은 일들은 절대로 일어나지 않는다, 그런 생
각이 드는군요. 만남과 헤어짐도 그런 일들 중의 하나일 테
지요. 그래서 이제는 삶의 사소한 것들은 신경 쓰지 않고 그
대로 흘러가게 둡니다. 큰 방향만 정하고 그곳에 닿는 날을
상상하며 하루를 성실하게 보내려고 합니다. 다만, 살아가
는 나날들 속에서 무언가를 찾기 위해 계속 애쓰고는 있습

니다. 인생은 내가 보고 싶은 것만 보여주는 게 아니라, 내가 꼭 봐야 할 것을 보여준다는 것을 알게 됐으니까요.

○　지금 하고 있는 일이
　　내가 가장 사랑하는 일입니다

어제 카페에서 하루종일 그동안 쓴 원고를 정리했습니다. 지난 일 년 동안 참 많이도 썼더군요. 글이란 것이 조금 우스운 면이 있는 게, 뉴스레터라든지 책에 실린 형태로 읽을 때는 뭔가 그럴싸해 보이는데, 종이에 프린트를 해서 읽어보면 의외로 허술한 구석이 많아 보인다는 것입니다. 문장도 엉망이고, 비약도 심하고, 얼렁뚱땅 넘어가는 부분도 있고…….

　　프린트한 제 원고를 읽으며 든 느낌을 조금 더 구체적으로 설명하자면, "아, 나라는 인간은 이십 년 넘게 글을 써

왔지만 아직 제대로 된 문장을 열 개도 이어가지 못하는, (그렇다고 영 형편없다고 할 정도까지는 아니지만) 조금은 엉터리인 그런 작가구나"라고 (뼈저리게 까지는 아니지만) 생생하게 실감했다는 거죠. 아주 간단해 말해 스스로에게 실망했다, 뭐 이런 겁니다.

마흔 살이 되면 조금은 나은 글을 쓸 수 있겠지, 라며 삼십 대에는 계속 썼던 것 같고, 사십 대에는 오십이 되면 그럭저럭 괜찮은 글을 쓸 수 있지 않을까 하며 써왔는데 그때나 지금이나 별반 나아진 건 없는 것 같습니다. 그러고 보니 더 좋은 글을 쓸 수 있겠지, 하고 고개를 갸웃거리며 머리를 싸매고 끙끙대는 사이에 세월이 흘렀네요.

이십 년을 뭔가에 대해 계속 써 오는 동안, 다른 일을 할 생각은 아예 하지 않았습니다. 주위에 회사원이었다가 연기자가 된 사람도 있고, 직업 군인이었다가 양조장 주인이 된 사람도 있지만 저는 계속 글만 썼습니다. 가끔 삶의 국면에서 예상치 못한 사건들이 개입하기도 했지만 신기하게도 글 쓰는 일만은 놓지 않았습니다. 글을 쓰는 사이사이 기쁨을 느꼈고, 고통과 슬픔을 겪었고, 행복했습니다.

원고를 읽으며 고치다가, 엉망인 원고이지만 근사한

폰트로 인쇄되어 책으로 묶여 나오면 읽을 만할 거야, 빨간 펜으로 단어를 북북 그으며 이렇게 생각했습니다. 사실 글을 쓴다는 건 이처럼 뻔뻔해지는 일이기도 합니다.

대충 일을 마무리하고 휴 하고 한숨을 쉬고는 카페 창밖을 바라보았습니다. 장마가 끝나고 간만에 푸른 하늘이 펼쳐져 있더군요. 두둥실 구름이 흘러가고 있었습니다. 창문 바깥으로 흘러가는 구름을 바라보고 있으니 어쩐지 기분이 스르륵 풀리는 것이었습니다. 그러면서 '아마 앞으로도 이대로 글을 쓰면서 살아가지 않을까' 하는 생각이 들더군요. 말로 잘 설명하기는 어렵지만, 뭐랄까요, 마음의 문 같은 것이 활짝 열어젖힌 듯한 그런 느낌이었습니다.

내 글이 누군가의 마음을 조금이라도 움직일 수 있다면 좋겠다. 언젠가 그런 글을 쓸 날이 오겠지.

원고 뭉치를 가방에 넣고 카페를 나왔습니다. 구름은 아파트와 전신주를 넘어 까마득히 먼 산봉우리를 향해 천천히 나아가고 있더군요. 사방에 매미 소리가 울창했습니다.

∘　기다리는 시간도
　　꽃을 피우는 시간입니다

지나고 보니 알겠습니다. 그렇게 조급해할 필요가 없었다는
것을요. 모든 일에는 기다리는 시기가 필요한 법입니다. 식
물이 줄기를 통해 물방울을 끌어올리는 시간도 모두가 꽃을
피우는 시간이듯, 글쓰기 전 산책하는 시간도, 음악을 듣는
시간도, 해지는 수평선을 멍하니 바라보던 시간도 다 글 쓰
는 일이었습니다. 인생도 마찬가지가 아닐까요. 모든 순간
이 진실되고 찬란한 순간인 것입니다.

4장

우리가 닿아야 할
삶의 지평이 있다면

"모든 순간은 딱 한 번만 우리에게 온답니다"

◦　인생의 묘미는

무용한 것을 즐기는 데 있습니다

나이가 들면 무언가에 쫓기지 않고 하루를 온전히 내 것으로 만든다는 것이 정말 소중한 일이라는 것을 알게 됩니다. 지나가는 하루하루가 아깝게 여겨지기 때문이겠죠. 그런 조급함 때문이었을까요, 예전엔 하나라도 더 하려고 바삐 움직였는데 그게 아니라는 걸 깨닫게 됐습니다. 가만히 서 있는 것이, 그래서 더 오래 들여다보고 귀를 더 가까이 기울이는 것이 하루를 온전히 내 것으로 만드는 방법이더군요.

어제 전철에서 내려 집으로 가는 길, 서쪽에서 번져

온 저녁 빛이 엽서처럼 발등에 어룽대는 것을 보았습니다. 아이 손바닥만 한 이 노을을 눈치채지 못했다면 내 저녁은 약간 허망했을지도 모릅니다. 사람들은 바삐 지나고 있더군요. 노을이 지고 있는데, 서쪽에서 바삐 온 노을빛이 이렇게 곱고, 우리가 지금 서 있는 이 자리가 이렇게 아름다운데 왜 다들 무심한 표정으로 걸어가는 것일까요.

종종 '어떻게 살아야 할까?'라는 물음을 스스로에게 던집니다. 예전에는 더 열심히, 더 치열하게 살아야겠다고 다짐하며 주먹을 불끈 쥐었지만, 요즘에는 제철을 더 잘 챙겨야겠다, 요리를 조금 더 잘해봐야겠다, 조금 더 먼 곳까지 걸어가 봐야겠다 같은 조금은 무용한 다짐 같은 걸 하곤 합니다.

곧 여름이 올 것입니다. 매미 우는 소리가 번성할 것이고, 개울물 소리는 더 차갑게 들릴 것입니다. 빗소리는 더 풍성해지겠지요. 짙고 울창한 여름의 소리들……. 베란다에 앉아 선풍기 바람을 쐬며 차가운 수박에 베어 무는 기쁨도 가질 수 있겠지요. 명옥헌엔 백일홍이 피었나 궁금해하기도 하면서 말입니다.

올여름에는 매미 우는 소리를 더 잘 여며 들어야겠다고 다짐해 봅니다. 아무 소용이 없는 다짐일 것이지만, 인생의 묘미는 무용한 것을 즐기는 데 있다는 생각에는 변함이 없습니다. 내게 이런 여름이 있는 한, 누가 무엇을 이루었다는 건 아무것도 아닐 것입니다.

°　　잠깐만이라도
　　　다시 보고 싶은 것들이 늘어납니다

저는 파주에 삽니다. 저물 무렵, 가끔 경의선 전철에 훌쩍
올라 탈 때가 있습니다. 주로 왼쪽 편에 앉습니다. 전철 창
밖으로 보이는 풍경이 좋거든요. 경의선은 지상 구간이 많
아 기차를 타는 기분이 드는데, 행신역에서 대곡역 구간은
창밖으로 느리게 지나가는 풍경이 꼭 제주도 같을 때가 있
습니다. 운정역에서 대곡역까지 음악을 들으며 왕복 한 시
간 정도 되는 거리를 다녀오면 어수선하던 마음이 가지런하
게 정리되곤 합니다.

어제도 뭔가 싱숭생숭한 마음에 전철을 탔습니다. 뭘 들을까, 고민하다가 오랜만에 '언니네이발관'을 들었습니다. 지금은 활동하지 않는 밴드죠. 마지막 앨범에 실린 〈마음이란〉 곡을 가장 좋아합니다. 후반부 트럼펫이 나올 때가 너무 좋아요. 트럼펫은 노을을 쏟아내는 악기 같습니다. 듣고 있노라면 구름이 자줏빛으로 물드는 들판을 기차를 타고 천천히 통과해 가는 기분이 들죠. 갈 때는 〈마음이란〉을 반복해서 들었고, 돌아올 때는 척 맨지오니의 〈Feel So Good〉과 〈산체스의 아이들〉을 들었습니다.

운정역에 내리니 노을이 물러가고 어스름이 찾아오더군요. 빌딩과 아파트 위의 구름들이 조금씩 어두워지고 있었습니다. 개찰구를 빠져나와 역 계단을 내려오며 언니네이발관이 돌아왔으면 좋겠다고 생각했습니다. 잠깐 와서 새 노래 한 곡 불러주고 다시 갔으면……. 요즘 들어 잠깐만이라도 다시 보고 싶은 것들이 조금씩 늘어납니다.

그나저나 운정역이라, 구름의 우물 정거장이라……, 이름이 참 이쁩니다. 지나가던 구름이 잠시 멈추고 우물에 비친 자신을 물끄러미 바라보는 역이라니요. 저는 걸음을

떼지 못하고 희미한 표정으로 서 있습니다. 어스름 속, 돌아
보면 사라질 뭔가가 있다는 듯이요.

∘ 잊지 마세요. 인생은
   딱 한 번뿐입니다

시를 쓰지 않았다면, 기자를 그만두지 않았다면, 그래서 여
행작가가 되지 않았다면, 나는 지금 어떤 모습으로 살고 있
을까. 가끔 이런 생각을 해봅니다. 아무런 소용이 없다는 걸
알면서도 말입니다.

　　그렇다고 여행작가로 살게 한 제 선택을 후회한다는
건 아닙니다. 여행작가로 살고 있는 데는 뭔가 이유가 있겠
죠. 미국의 사진작가인 도로시아 랭은 "사진작가가 된다는
것은 사자 조련사가 된다는 것과 마찬가지로 우연한 일이
아니다"라고 말했습니다. 집보다 호텔에서 더 자주 아침을

맞는 제 인생이 결코 우연만으로 만들어진 건 아닐 겁니다.

과거의 저는 최선의 선택을 했을 겁니다. 그 이유와 상황이 지금 기억 나지 않는 것뿐이죠. 인생이 우리에게 보여주는 가장 중요한 명제는 '앞일이 어떻게 될지는 어느 누구도 알지 못한다'라는 것이 아닐까요.

만약 타임머신이 있다면 타고 가서 스물다섯 살 저에게 말해주고 싶습니다. 괜찮다고, 그러니 두려워하지 말고, 걱정하지 말고 영혼을 바쳐 시를 쓰라고. 뜻밖의 일이 닥치고, 뜻밖의 사람을 만나고, 뜻밖의 기회를 얻고, 그래서 예상하지 못했던 결과를 얻는 것, 그것이 인생이니까 눈치 보지 말고 네 일을 하라고.

비록 오십이 넘었지만, 지금을 열심히 살고 좋아하는 걸 하는 것이 좋다는 생각에는 변함이 없습니다. 오늘의 내가 어제의 나를 안아주고 칭찬합니다. 인생은 딱 한 번뿐이니까요. 타임머신 같은 건 없으니까요.

○　할 일을 해놓고 홀가분한 마음으로
　　맥주를 마십니다

흔히들 '멀리 보고 살아라'고 말합니다. '장기적인 계획을
세우고 인생을 꾸려나가라'는 뜻일 겁니다. '눈앞의 작은 이
익에 집착하지 마라'는 뜻도 있을 겁니다.

　　그런데 솔직히 잘 모르겠어요. 제가 살아온 날들을 돌
이켜 보니 제게 벌어진 모든 일들이 '뜻밖의 사건'들이었습
니다. 시를 쓰게 된 것, 여행작가가 된 것, 조그마한 출판사
를 하고 있는 것 등이 계획했던 일은 아니었습니다. 조금은
무책임하게 들릴 줄 모르겠지만, 어떻게 어떻게 하다 보니
출판사를 하게 됐고, 그냥 매일매일 원고를 쓰고 살아오다

보니 여행작가의 삶을 이어가고 있을 뿐입니다.

며칠 전 교세라를 창업한 '경영의 신'이라고 불리는 이나모리 가즈오의 에세이를 읽으며 '아, 내가 그렇게 잘못 산 건 아니구나' 하고 조금은 안심했습니다. 그 역시 "줄곧 1년 단위로만 경영 계획을 세워왔다"라고 하더군요. 그는 이렇게 말했습니다.

"3년 또는 5년 후의 일은 정확히 예측하기 어렵지만, 1년 후의 일이라면 그나마 틀리지 않게 전망할 수 있다. 그래서 나는 1년간의 경영 계획을 세우고 어떻게든 달성하기 위해 노력했다."

고故 박영석 대장 역시 정상까지 올라가는 가장 좋은 방법은 1미터 앞만 보는 거라고 했습니다. 1미터만 더 가고 쉬자, 1미터만 더 가고 쉬자, 1미터만 더 가고 쉬자. 안나푸르나를 올려다보면 올라갈 엄두도 안 나고 무력감에 빠질 수밖에 없는 그가 이걸 극복해 낸 방법은 바로 '1미터만 더 가자'라는 주문이었습니다.

저를 이나모리 가즈오와 박영석 대장과 비교하는 건 말도 안되는 일이지만, 저 역시 '오늘 써야 할 원고는 오늘 해치우고, 올해 펴낼 책은 올해 펴내자'라는 각오 정도는 가지고 살고 있습니다. 1,000매를 쓰는 건 어렵지만, 매일 3매를 쓰는 건 그렇게 어려운 일은 아니더군요. 1,000매는 3매씩 334번만 쓰면 됩니다. 1년이 365일이니, 대략 1년이면 책 한 권이 완성되는 거죠.

앞으로 제게 어떤 '뜻밖의 사건'이 펼쳐질지, 그래서 어떤 인생을 살아갈지는 모르겠지만 매일 3매씩 글을 쓰는 일은 멈추지 않으려고 합니다. 그렇게 쓰다 보면 어딘가에 당도하는 지점이 있을 겁니다.

뭐, 그건 그렇고 사실 작가로 살다 보니, 써야 할 원고를 다 쓰고 맞이하는 저녁노을이 그렇게 이쁘더라고요. 그 노을을 보며 마시는 맥주가 그렇게 맛있고요.

○   행복은 먼 곳이 아닌
       주방 같은 곳에 있답니다

겨울이 지나가고 있습니다. 저 멀리, 봄이 오고 있네요. 입춘이 지나고 나니 아침 공기가 한층 말랑해진 것 같습니다. 곧 벚꽃이 피고 질 것입니다. 꽃이 진 자리에는 새싹이 돋아나겠죠. 숲은 연둣빛으로 환하다가 진초록으로 짙어질 겁니다. 그러고 나면 곧 여름이 오겠죠. 포도며 복숭아며 자두며…… 달콤한 과일을 먹을 생각을 하니 벌써부터 기분이 좋습니다. 여름이 가면 다시 가을이 오고, 겨울이 가을을 뒤쫓아 올 것입니다.

한결 따뜻해진 날씨 덕분에 새벽에는 서재 창문을 열고 글을 씁니다. 저녁에도 창문을 열어놓고 책을 읽습니다. 어제는 버트런드 러셀의 『행복론』을 읽었습니다. 그는 "고통이 우리를 현명하게 만들고, 그 현명함으로 행복에 다가갈 수 있다"라고 썼더군요. 네, 맞습니다만…… 그래도 솔직하게 말하자면, 현명해지기 위해 고통을 감내해야 한다면, 그런 고통은 피하고 싶습니다. 아무튼 행복에 대해 말하자면, 행복은 엄청나게 행복한 상태가 아니고서는 알아차리기가 힘듭니다. 돌이켜보니 행복한 순간들이 많았지만, 그때는 그게 행복한지 몰랐던 것 같습니다. 행복은 불행하지 않은 상태가 아닐까, 이렇게 생각하며 와인을 홀짝였습니다. 이번 겨울을 지나는 동안 나는 얼마나 현명해졌을까, 더 아둔해지지나 않았으면……. 이렇게 생각하며 모차르트를 틀었습니다.

봄이 오면 저는 아마도 봄의 어느 벤치에 앉아 캔맥주를 마시고 있을 겁니다. 봄은 짧아서, 봄은 지나가서, 봄은 덧없어서 더 좋아. 이렇게 중얼거리면서 말입니다. 행복이 여기 있었군, 하며 캔맥주를 따겠죠. 삶의 수많은 사건을 겪으며 인생에는 좋은 일만 일어나지 않으며 그렇다고 나쁜 일만 계속되는 것도 아니라는 걸 알게 됐습니다. 행복은 크고 멀리 있는 것이 아니라, 아주 작고 내 옆에 있다는 것도 알게 됐죠. 행복은 이를테면, 요리나 식사나 날씨, 누군가와 가볍게 나누는 대화 같은 것들이랍니다. 그걸 알고 나니 행복이라는 게 정말 보이더군요. 손에 잡히더군요. 그래서 지금은 주변에 있는 작고 사소한 행복을 긁어모으며 살고 있습니다.

남은 캔맥주를 마저 마시고 일어섭니다. 낮잠을 한 숨 자고 일어나 저녁 산책을 한 후 파스타를 만들어야겠습니다. 주방에 서서 '자, 이제 시작해볼까?' 하며 양파를 다질 때 행복하다는 걸 느낀답니다. 집으로 가는 길, 수많은 오답을 거쳐, 마침내 오답이 오답이라는 걸 알게 된 어떤 이의 걸음걸이는 여느 때와 달리 유쾌합니다.

∘   내가 지나온 모든 날들이
     모두 내 인생입니다

날씨가 따뜻해졌습니다. 이제 겨울옷을 옷장에 넣어야 할
때인가 봅니다. 하늘을 올려다보니 푸른색이 한결 부드러
워졌네요. 사무실 주변을 산책하다가 문득 글을 써야겠다
고 마음먹었던 십대 시절, 고등학교 3학년의 저를 떠올립니
다. 시를 쓰고 싶어 이과에서 문과로 '전과'를 했죠. 우여곡
절 끝에 들어간 대학 국문과, 수업엔 들어가지 않고 도서관
에서 문예지만 읽었습니다. 시와 소설을 닥치는 대로 필사
하던 시절이었죠. 시인이 되기를 동경하던 문청이었던 저는
그때만 해도 프로페셔널 글쟁이로 살게 되리라고는 전혀 생

각하지 못했습니다.

대학교 4학년 때 등단이라는 걸 하고 그렇게 바라던 시인이 되었지만, 졸업 후 제가 출근한 곳은 어느 대기업의 홍보실이었습니다. 그곳에서 카피와 보도자료를 썼죠. 넥타이를 매고 양복을 입고 정신없이 뛰어다니던 날들이었습니다. 결국 인턴 마지막 날 그곳을 나와서는 어느 잡지사에 기자로 들어갔습니다. 모든 것이 새롭게 다가왔죠. 책을 읽고 서평을 쓰고, 저자를 만나 인터뷰를 했습니다. 그렇게 잡지사를 조금 다니다가 다시 신문사에 들어갔고, 문학 담당 기자를 하다가 갑자기 여행 담당을 맡게 됐습니다. 여행을 다니며 글을 쓰고 사진을 찍는 인생이 시작된 거죠. 기차와 비행기를 타고 여관과 호텔을 오갔습니다. 힘들었지만 신나게 일하던 시절이기도 했습니다. 그리고 다시 약간 동안의 잡지 기자 생활을 거쳐 지금까지 이십여 년 동안 프리랜서 여행 작가로 살아오고 있습니다.

제게 글이란, 사회에 첫발을 내디딘 날부터 현장에서 쓰는 것이었고, 누구나 읽을 수 있는 문장으로 다듬어 기한을 엄격히 지켜 '납품'해야 하는 것이었습니다. 제 글을 쓰고 싶다는 갈망이 가끔 들기도 했지만, 일에 쫓겨 살다 보니 자주 잊게 되더군요. 프리랜서 작가 생활을 시작하고 나서부터는 돈을 받고 거기에 걸맞는 퀄리티의 제품을 만들어낸다는 각오로 글을 썼던 것 같습니다. 납품과 각오로 글을 쓰던 시절, 그래도 가끔 언젠가는 꼭 내 글을 써야 한다는 생각이 들었고, 그럴 때마다 밤늦게까지 술을 마시곤 했습니다.

그런데 얼마 전, 제가 글을 처음 쓰기 시작한 날부터 30년이 지난 지금까지, 저는 제 글을 쓰고 있었다는 사실을 알게 됐습니다. 지금까지 제가 써 왔던 글이 제 글이 아니라면 지금까지 살아온 내 인생은 도대체 무엇이란 말인가, 이런 생각이 들더군요. 뒤늦게 깨달았지만 너무 늦지 않아 다행이라고 생각했습니다. 오늘은 무작정 사표를 썼던 스물몇 살 시절, 벚꽃잎이 환하게 날리던 어느 봄날의 벤치를 떠올리며 제게 물었습니다. 아직도 글을 쓰고 싶니? 아직도 써야 할 글이 있니?

레터를 쓰기 시작한 후, 그러니까 매일매일 글을 쓰기 시작한 후 글 쓰는 것이 더 재미있어졌습니다. 어느 술자리에서 지인에게 이렇게 말한 적이 있습니다. 글을 쓰면서 나는 점점 나은 사람이 되어 가는 것 같아. 글을 쓰는 순간이 제일 행복한 것 같아. 이제 제 글을 쓰고 싶다는 갈망 또는 열망 같은 건 없습니다. 제가 쓰는 모든 글이 제 글이라는 걸 알게 됐기 때문이죠. 삼십 년 전으로 돌아가 스무 살의 저를 만나게 된다면 이렇게 말하며 어깨를 두드려 주고 싶습니다.

"네가 쓴 글은 모두 너의 것이며, 네가 지나온 모든 날들이 너의 인생이란다."

결국 지나갈 것이고
괜찮아질 것입니다

세상에서 내가 제일 불행해. 이런 생각이 들 때가 있습니다. 저 역시 온몸에 불행이 몸살처럼 들러붙어 있을 때가 있었죠. 그런데 살아 보니, 다들 불행하더라고요. 저마다 자기만의 고통과 아픔을 끌어안고 있었습니다. 웃고 떠들던 술자리가 끝나고 헤어질 때면 누군가 제 귓가에 대고 이렇게 속삭이곤 했습니다. "사실은 나, 아프고 힘들어." 부자도 가난한 사람도, 젊은이도 늙은이도 다 똑같았습니다. 줌파 라히리는 "겉으로는 부족함이 없어 보여도 모든 사람은 저마다의 결핍과 고통을 가지고 있다"라고 말했죠. 집으로 돌아가는 전철 안, 차창을 스쳐 지나가는 아파트의 불빛을 바라보며 이렇게 중얼거리곤 했습니다. 모두가 똑같은 삶을 살고 있어.

살아오며 도저히 견딜수 없는 일이란 없다는 걸 알게 됐습니다. 결국엔 지나가더군요. 지난날들이 온통 고통으로 점철되어 있지만 다 견디며 지나왔습니다. 겪다 보면 감당할 수 있게 되더라고요. 알래스카의 혹한에도 사람들은 얼음으로 집을 짓고 살아가고 있습니다. 살다 보면 살아집니다. 견딜 수 없는 고통이란 없죠. 다만 견딜 수 없는 순간만이 있을 뿐이죠. 그러니까 여기까지 올 수 있었겠죠. 지금 내 몸에 달라붙어 있는 이 불행 역시 마찬가지일 것입니다. 결국엔 지나갈 것이고, 우리는 다시 괜찮아질 것입니다.

무언가 잘못을 저질러도 인생은 크게 나빠지지 않는다는 것도 알게 됐습니다. 우리는 생각보다 작은 존재더군요. 엄청나게 잘했다고 생각한 일도 지금 되돌아보니 아무것도 아니었습니다. 다 지난 일이 되었고, 별것 아닌 것으로 남았습니다. 그래서 불행이라는 놈이 올 조짐이 보이기라도 하면, 어느 밤 전철 차창으로 스쳐 지나가던 아파트 불빛을 떠올리곤 합니다. 모두가 똑같아, 이렇게 중얼거리며 위로받았던 그 차창 말입니다. 그날 밤, 차창 너머 아파트 베란다에서는 고통에 빠진 누군가가 제가 탄 전철을 물끄러미 바라보고 있지 않았을까요. 끝없이 덜컹거리며 고통의 밤을 가로질러 밤의 지평선 속으로 사라지는 은백색의 전철을 말입니다.

모든 건 지나갈 거야, 모두가 똑같아.
그가 이렇게 중얼거리며 잠자리에 들었기를 바랍니다.

◦   계절을 즐기는 일만큼
      가치 있는 일은 없습니다

더웠습니다. 오늘은 봄의 마지막 날, 내일부터 여름이야. 이
걸 핑계로 편의점 플라스틱 의자에 앉아 안숙선을 들으며
카스 캔맥주를 마셨습니다.

    "옥창앵도 붉었으니 원정부지 이별이야. 송백수양 푸른
    가지 높다랗게 그네메고 녹의홍상 미인들은 오락가락
    노니난데 우리벗님 어디가고 단오시절인줄 모르는구
    나."

파라솔 그늘은 짙었다가 구름이 지나가면 흐려지곤 했습니다. 휴대전화가 몇 번 울렸지만 받지 않았습니다. 오늘은 봄의 마지막 날이니까. 이루려고 애썼지만, 이룬 것 하나 없이 세월만 갔구나, 이렇게 탄식하다가 뭔가를 꼭 이루어야만 하나 하는 생각도 들었습니다. 떠나보낸 것들은 그다지 아쉽지 않았고, 지금 간절한 것이 있다면, 간절한 것이 있다면…… 무엇일까. 딱히 없더군요. 그나마 있다면, 봄아 조금만 더디 가다오, 그 정도? 캔맥주를 한 모금 더 마셨습니다.

저녁 여섯 시인데도 환했습니다. 얼마나 남았는지 맥주 캔을 흔들어보는데, 롯데캐슬 204동 위로 저녁별이 떴더군요. 별빛은 생계를 위해 나온 듯 명확하고 거룩했습니다. 남은 맥주를 마저 마시고 일어섰습니다. 인생에 대한 답이 있을까요? 병이 왔다 가고, 힘겨운 일이 닥쳤다가 물러나듯 그냥 살아갈 뿐이겠습니다. 그 사이사이 팔꿈치에 닿는 계절을 즐기는 일에 우리는 평생토록 열심이어야 할 것입니다.

。　술자리에서는 사적인
　　대화를 합니다

❀ 달걀로 바위를 깨트릴 수 있다고 믿던 시절이 있었습니다. 지금은 뭐, 바위로 달걀을 깨트릴 수 있다고 해도 일단 의심부터 하지만요.

❀ '좋아'가 아니라 '나쁘지 않아'라고 말하게 되네요. '정말, 그런 걸까?' 하고 먼저 생각하게 되고요. 웬만한 위기는 임기응변과 거짓말로 극복할 수 있게 됐습니다.

❀ 회사나 조직을 사랑하는 것은 어리석은 짓이에요. 술자리에선 사적인 대화를 나눕니다. 그게 어른의 매너니까요.

❖ 솔직한 것과 예의 없는 것은 종이 한 장 차이죠. 근데 그걸 모르는 사람이 너무 많아요. 보고도 못 본 척하는 것만큼 친절한 일은 없는 것 같습니다.

❖ 자주 아픈 게 아니라, 아픈 게 회복되는 시간이 더딘 거더라고요. 청소는 깨끗할 때 하는 것이라는 걸 깨달았습니다. 약속 시간보다 빨리 가면 기분이 좋고요. 늦게 나온 당신을 이해할 수 있습니다. 뭔가 사정이 있었겠죠.

❖ 수프를 끓이고 통밀빵을 데웁니다. 버터헤드와 치커리, 방울토마토를 깨끗하게 씻어 샐러드를 만들어 커피와 함께 아침을 먹습니다. 너무 멀리 왔다는 생각이 들 때, 뭔가 헝클어졌다는 걸 느낄 때, 빨리 제자리로 돌아가기 위해 외우는 주문 같은 거죠.

❖ 저녁 무렵 집으로 가는 길, 초록색 신호등 앞에서 입술을 깨물며 멈춰서는 자신의 인생이 가엽다고 느낀다면……괜찮아요, 잘살아 왔다는 거니까요.

❖ 세월이 흘렀군요. 이젠 서로에게 비겁한 서로를 충분히

이해할 수 있게 됐습니다. "그저 감사할 뿐이죠"라고 말하는 당신의 마음이 얼마나 아름다운지도 알고 있고요. 우리는 각자의 방식으로 용기를 냈던 것이었어요.

❈ 옛날로 돌아간다면, 내가 좋아하는 걸 하려고요. 남의 눈치를 보면 자꾸만 이상한 걸 하게 되니까요.

❈ 마음이 허망할 때는 지평선을 향해 걷다가 다리가 아플 때 돌아오리라.

°　　이젠 아름다움이 없는 일은
　　하고 싶지 않습니다

오래전 일입니다. 어느 이국의 바닷가에 서 있었습니다. 새
벽이었고, 수평선 위로 구름이 뭉게뭉게 솟아오르더군요.
맨 아래는 짙은 회색, 가운데는 오렌지빛, 맨 위는 옅은 분
홍빛이었습니다. 해변을 걷다 멈춰 서서 그 풍경을 바라보
았습니다. 이 순간을 조금도 놓치고 싶지 않다는 듯, 그 빛
들이 모조리 사라져 대기 중으로 흩어질 때까지 주의 깊게
지켜보았죠. 얼마 지나지 않아 해가 떴고, 수평선 위로 빛나
던 구름들은 순식간에 사라졌습니다. 그리곤 눈부시게 푸른
하늘이 나타났습니다. 파도는 같은 리듬으로 출렁였습니다.

나는 영원히 살 수 없는데, 이 파도는 영원히 같은 리듬과 반짝임으로 출렁이겠지. 태연하게 발등을 적시는 파도를 느끼며 인생의 찬란함과 즐거움, 쓸쓸함과 덧없음에 잠시 생각했던 것 같습니다. 이젠 아름다움이 없는 일은 하고 싶지 않아, 이런 생각도 했던 것 같습니다.

◦   새로운 마음을 가지고 싶을 땐
      이불 빨래를 합니다

며칠 전 전주에 취재를 다녀왔습니다. 새벽녘 출발해 어스름 무렵 도착했죠. 곧장 남부시장으로 갔습니다. 좋아하는 콩나물국밥집이 있거든요. 잘게 썬 오징어가 듬뿍 올라간 콩나물국밥 맛은 예나 지금이나 변함이 없었습니다. 이 집은 수란이 담긴 그릇을 따로 내주는데, 국밥 국물을 몇 숟가락 붓고 마른 김을 잘게 찢어 비벼서 먼저 먹어야 한답니다. 서류 가방을 자리 옆에 놓고 중년의 남자가 국밥을 먹고 있었고 등산복을 가볍게 차려입은 아주머니 세 명이 들어와 옆자리에 앉았습니다. 그들 틈에 섞여 숟가락을 후후 불어

가며 국밥을 먹었습니다.

국밥을 다 먹고는 아주 오래된 다방으로 가 커피를 마셨습니다. 1952년 문을 연 곳입니다. 커튼이 드리워진 창가 옆에는 옛날식 인조가죽 소파가 놓여 있었습니다. 창가 자리에 앉아 커피를 마시는데, 창문을 넘어온 봄 햇빛이 커피잔을 슬그머니 비추더군요. 그 빛들이 상하지 않도록, 얇고 부드러운 붓으로 오래된 조각에 묻은 먼지를 털어내듯 조심스럽게 셔터를 눌렀습니다.

커피를 마시고 나와서는 경기전 담장 기와 너머로 보이는 전동성당을 바라보며 잠깐 서 있었습니다. 전주는 옛날이나 지금이나 좋았고, 아름다운 것은 여전히 아름답게 서 있더군요. 봄이었고 남천교를 건너 완산동까지 잠바를 벗었다 입었다 하며 걸었습니다. 곧 나비가 날겠지. 연립주택 담장 너머 목련은 꽃송이를 머금고 둥글어지고 있더군요. 그 아래로 교복을 입은 아이들이 지나갔습니다. 까르르 깔깔, 아이들은 즐거운 걸 참지 못하죠. 그래서 아이들이죠. 많이 웃어라 꾀꼬리들아, 어느 날 문득 그 웃음들이 그리워질 테니까.

내처 구례 산수유밭으로 갈까 망설였지만 서울과 파주에 두고 온 일이 많더군요. 돌아오는 길, 톨게이트를 통과하며 창문을 열었습니다. 달짝지근한 봄바람이 박수처럼 짝짝짝 밀려들어 왔습니다. 여행이 일이 아니었다면, 여행을 여행으로만 여기고 살았다면 내 인생은 얼마나 엉망이 됐을까, 문득 이런 생각이 들었습니다. 집에 가서는 창문을 열고 이불을 털어야지, 이불 빨래를 하면 말이야, 새 인생을 시작하는 것 같거든.

○　생활이 힘들수록
　　아름다움 앞으로 갑니다

수평선 위로 솟아오르는 구름을 볼 때나 강물을 따라 함께 흘러가는 아침 안개를 볼 때면 걸음을 멈추곤 합니다. 짙은 숲 사이로 햇살이 쏟아져 들어올 때도 그러하죠. 이 순간을 조금도 놓치고 싶지 않다는 듯, 그 빛과 풍경들, 물방울들이 대기 중으로 모조리 사라질 때까지 주의 깊게 지켜보곤 합니다. 생활이 힘들수록 아름다운 어떤 것 앞으로 가 서고, 그것이 주는 찬란함을 느끼고 경탄하려고 노력해야 하지 않을까 생각합니다. 일과 밥 사이에 시라든가, 음악, 그림이 작게라도 놓여 있어야 삶에 대한 공허감과 두려움을 약간이

나마 덜어낼 수 있지 않을까요. 이 세계의 시적인 면을 발견
할 때 우리는 삶을 더 껴안을 수 있을 것입니다.

○　　'나중에 거기'가 아니라
　　　'지금 여기'입니다

인생의 목표는 결국 행복해지는 것 아닐까요. 산다는 것은
끊임없이 행복을 찾아가는 여정일 것입니다. 네, 그래요.
'목적지'가 아니라 '여정'이요.

　　우리는 끝없는 여정 위에 서 있습니다. 그 여정을 걷
는 동안 수많은 사람을 많나고 이런 저런 사건을 겪는 거죠.
여정은 고난과 역경, 어려움으로 가득하지만, 우리는 그 속
에서 무한한 가능성을 발견하고 숨겨져 있는 기회를 잡곤
합니다.

여행도 삶과 다르지 않아서, 저는 지금까지의 수많은 여행을 통해 목적지에 도착해 우리가 느끼는 환희는 아주 잠깐 뿐이라는 걸 깨닫게 됐습니다. 짧은 그 순간이 지나면 피곤과 깊은 허탈함 만이 남는다는 것도요. 어쩌면 그 허무를 극복하기 위해 또 다른 여행을 준비하는 것일 수도 있고요.

이젠 앞으로 만나게 될 시간보다 뒤돌아볼 때 만나는 시간이 더 많은 나이가 됐습니다. 뒤돌아보니, 제가 느꼈던 기쁨과 행복이 모두 여정 위에 있더군요. 제가 지나온 길, 그 여정에서 만났던 사람들과 경험했던 일들이 제 인생을 각각의 색으로 칠했고, 그것들이 모두 어울려 하나의 아름다운 무늬를 그려내고 있었습니다. 저는 가만히 서서 그 무늬를 바라보며 미소 짓곤 합니다.

인생의 결론은 똑같습니다. 결국 죽음에 닿는다는 것이죠. 그러니까 단 한 번뿐인 이 순간을 허무하게 흘려보내고 싶지 않다면 자신이 좋아하는 일을 할 필요가 있는 것 같습니다. 저한테는 그게 글쓰기인 것 같습니다. 글을 쓸 때 저는 제 인생을 사랑한다고 느끼는데, 여러분은 어떤 일을 할 때 가장 행복한가요.

삶은 곧 여정이라는 것을 알게 된다면, 우리가 행복해야 할 지점은 '나중에 거기'가 아니라 '지금, 여기'라는 것도 알게 될 것입니다. 우리, '나중에 거기'가 아니라, '지금, 여기'에서 행복합시다.

○   유행 같은 건 모르겠고
     나만의 방식으로 즐겁습니다

서른 지나서는 유행 같은 것엔 크게 신경 쓰지 않고 살았습니다. 대부분의 시간을 책을 읽고 여행을 하고 음악을 들으며, 청바지에 검은 티셔츠와 후드티를 입고 흰색 운동화를 신고 보낸 것 같습니다. 살면서 몇 번 수트가 필요했는데, 그때는 백화점에 가 비싸지 않은 걸로 골랐습니다.

　　음악은 유행을 좀 따라갔던가 하고 생각해 보니, 그것도 아닌 것 같네요. 비틀스와 롤링스톤스, 서태지, 메탈리카를 들었던 적이 있고, 최근 몇 년 동안은 빌 에번스와 셀로니우스 몽크, 베토벤과 슈베르트를 듣고 있습니다. 요즘에는 임윤창과 엘라 피츠제럴드를 듣고요. 지금은 로드 스튜어트를 들으며 이 글을 쓰고 있습니다.

제가 하고 있는 일은 글을 쓰고 책을 만드는 일입니다. 맞습니다. 종이에 잉크로 글자를 새기고, 풀로 붙여 책이라는 걸 만들어 서점에서 파는 그 일. 저는 유행과는 한참 동떨어진 인간이 맞긴 맞나 보군요.

몇 가지 급한 일을 처리하고 사무실 주위를 산책하고 있습니다. 낮이 꽤 길어졌네요. 산의 초록은 점점 짙어지고 있고요. 산속에서 새소리가 날아와 발등 위로 후드득 떨어집니다. 곧 여름이 올 것인데, 이 봄을 조금 더 즐기고 싶어 버드나무 아래를 뱅뱅 맴돕니다.

카세트테이프로 비틀스와 서태지를 듣던 청춘의 시간은 전부 어디로 가 버린 것일까요. 버드나무 아래에 서서 누군가에게 물어보듯 나무줄기에 손바닥을 대 봅니다. 그 시절 내가 꾸었던 꿈과 바람은 무엇이었지? 이젠 그 기억마저 어렴풋하지만 저는 여전히 이십 년 전과 똑같이 청바지에 검은색 티셔츠, 하얀 운동화를 신은 채 걷고 있습니다. 괜찮아, 나쁘지 않아. 운동화로 흙바닥을 툭 툭 차며 이렇게 중얼거리면서 말이죠.

종이를 풀로 붙여 책이란 걸 만들든, 십 년째 청바지에 후드티를 입든, 오 년째 빌 에번스를 듣든 그건 모두 내 삶이겠지. 유행 같은 건 모르겠고, 나는 지금 내가 가장 좋아하는 것을 하고 있으니까, 그것만으로 괜찮아. 나만의 행복을 찾으며 가다 보면 반드시 도착하는 장소가 있을 테니까. 삶은 쫓아가는 게 아니라 쌓아가는 것이니까.

그걸 알게 된 늦은 봄의 어느 오후, 깊은숨을 들이쉰 오후, 또 한 번의 봄이 지나가던, 옛날 쪽으로 바람이 불어가는 어느 오후입니다.

익숙한 것들에게서
      기쁨과 행복을 얻습니다

항상 그렇듯 일찍 자고 새벽 세 시 반에 일어납니다. 커피를
마시고 정해진 분량의 글을 쓰고는 산책을 합니다. 돌아와
서는 책을 읽습니다. 오전에는 작업실 또는 카페에서 일하
고 점심은 샌드위치 같은 걸로 가볍게 먹습니다. 오후 다섯
시 정도 집에 돌아와서는 산책 겸 시장을 보러 나가죠. 가
끔 해지는 풍경을 오래도록 바라보며 서 있기도 합니다. 저
녁을 만들어 먹고 와인이나 위스키를 홀짝이며 영화를 보거
나 책을 읽다가 잠듭니다. 주말에도 작업실이나 카페에 나
가 일을 합니다. 오후에는 코인 세탁소에 가거나 드라이브

를 갈 때도 있죠. 면을 먹고 발리우드 영화를 보거나 도서관에 가 추리소설을 빌려 와 읽으며 시간을 보냅니다. 이게 전부입니다. 어떻게 보면 아주 단순하고, 무미건조한 일상을 반복하고 있죠. 그런데 말이에요. 정말로 소중한 것들이 바로 이런 것들이랍니다. 매일 새벽 세 시에 모카포트에서 끓고 있는 커피, 아침 산책을 할 때 지나가는 열차의 덜컹거리는 소리, 책을 읽으려고 앉는 소파의 푹신함, 단골 쌀국수 집의 문을 열 때 풍기는 옅은 고수 냄새……. 매일 반복되며 눈앞에 펼쳐지는 풍경과 소리, 냄새, 감촉이지만, 이 익숙함에서 얻는 기쁨과 행복은 무엇과도 비교할 수 없는 소중한 것입니다. 이것들이 주위에서 모두 사라질 때, 우리 인생은 아무것도 아닌 것이 되어버리거든요.

어느 옛날, 내 손에 쥐어졌던 어느 작은 손의 부드럽고 따뜻한 감촉이 그리운 아침입니다.

。　　조금 더 가까이 가면
　　　더 따뜻한 마음을 가질 수 있습니다

나이가 들어 인생을 되돌아보면 모두가 비슷비슷한 인생을
살아왔다는 걸 알게 됩니다. 디테일은 다르겠지만, 다들 엇
비슷하게 살아왔어요. 학창 시절을 보내고, 직장을 다니고,
사랑하는 사람을 만나 결혼을 하고 아이를 낳고……. 그 과
정에서 기쁨과 행복, 슬픔과 불행을 경험하죠. 대부분의 사
람들이 비슷한 일 때문에 즐거웠고, 비슷한 일 때문에 힘겨
웠고, 비슷한 일로 눈물을 흘렸을 겁니다. 그러니 인생에서
는 밝고, 잘 웃고, 긍정적이고, 따뜻한 마음을 가진 사람을
만나는 것이 중요하답니다.

이 세상의 책들도 대부분 비슷한 이야기를 하고 있습니다. 시도 소설도, 에세이도, 자기계발서도, 경제경영서도 다들 비슷비슷한 내용을 담고 있어요. 사랑, 아픔, 행복, 성공, 실패 등이죠. 그리고 이 모든 책들은 단 한 문장으로 요약할 수 있을 겁니다. '더 깊이 생에 몰입하고 사랑하는 데 열정을 쏟아라.'

글을 쓰고 싶다면, 조금 더 사람과 이 세상을 사랑하고 연민하는 마음을 가졌으면 좋겠습니다. 냉담, 시니컬, 불평, 비판도 좋지만, 그런 마음으로 글을 쓰다 보면 자신이 점점 힘들어집니다. 세상을 조금 더 사랑하고, 따뜻한 시선으로 바라보세요. 그러기 위해선 조금 더 가까이 다가가야 할 겁니다. 가까이 다가가서 조금 더 깊이, 조금 더 오래 들여다보면 누구나 각자의 슬픔을 가지고 있다는 것을 알게 될 겁니다. 사랑은 상대방이 슬프고 약한 존재라는 걸 아는 것에서 출발한답니다.

지난해 제가 진행했던 글쓰기 수업에서 어느 수강생이 이렇게 썼더군요. "우리가 진정으로 사랑해야 하는 것들은 우리가 그러기 위해 애쓰지 않아도 되는 것들일 때가 많다.˝ 저는 이 한 문장만으로 제 글쓰기 수업을 듣기 위해 그 수강생이 지불했던 비용과 시간이 전혀 아깝지 않다고 생각했습니다. 그는 조금 더 깊고, 따뜻하고, 세밀한 눈동자를 가지게 됐으니까요.

글을 잘 쓰면 좋지만, 글을 잘 쓴다고 더 좋은 인생을 사는 것은 아닙니다. 글쓰기는 좋은 인생을 살기 위한 작은 도구일 뿐입니다. 더 따뜻한 마음을 갖는 것, 더 다정한 사람이 되는 것, 인생의 즐거움을 더 자주 느끼는 것, 우리가 온 힘을 다해 추구해야 할 것은 바로 이것이 아닐까 생각합니다.

°   가끔 엉뚱한 표정을
    지을 때가 있습니다

여행이 우리가 당면한 어떤 문제를 시원하게 해결해 주지
못한다는 건 알고 있습니다. 문제를 해결해 주는 것은 회의
와 이메일과 반복되는 수정이죠. 그래도 골치 아픈 일이 있
을 때는 훌쩍 여행을 떠나곤 합니다.

    그래서 바다를 건너 한라산을 빙 돌아 서귀포에 왔습
니다. 지금 마주하고 있는 골칫덩어리와 한국에서 가장 멀
어질 수 있는 곳이죠. 돈내코며 쇠소깍, 외돌개, 돔베낭길,
속골, 월평포구 등 오직 제주에서만 들을 수 있는 말로 붙여

진 지명을 입속에서 오물거리며 다녔습니다.

　　서귀포 시내 옛 삼일극장 일대에는 이중섭 거리가 있습니다. 슬렁슬렁 거닐며 시간을 보내기에 아주 좋은 곳이죠. 화가 이중섭은 한국전쟁 당시 서귀포에서 피란 생활을 했는데, 섶섬이 보이는 초가집의 셋방에서 부인과 두 아들을 데리고 고달픈 생활을 했다고 합니다. 쌀이 없어 고구마와 게를 삶아 끼니를 때우며 그림을 그렸죠. 고구마로 끼니를 때우며 그림을 그리는 마음을 언제쯤 이해할 수 있을까요. 제 옹색한 마음으로는 아마 죽을 때가지 그 각오를 반뼘도 이해하지 못할 것입니다.

　　대평리에도 다녀왔습니다. 올레 8, 9코스가 만나는 지점에 위치한 작은 해안 마을이죠. '난드르'라고도 불리는데 이는 '넓은 들'이라는 뜻입니다. 감귤나무며 동백나무가 심어진 돌담이 이어지는 골목을 따라 나박나박 걷다 보면 어느새 푸른 마늘밭이 펼쳐지고 마늘밭 너머로는 마늘밭보다 더 푸른 바다가 일렁이죠. 마을 길을 따라 조금 더 걷다 보면 빨간 등대가 서 있는 포구에 닿습니다. 빨간 소녀상이 조각된 등대 뒤로는 깎아지른 수직 해안 절벽인 박수기정이 병

풍처럼 서 있죠. 박수기정이란 '박수'와 '기정'의 합성어로, '바가지로 마실 샘물'(박수)이 솟는 '절벽'(기정)'이라는 뜻입니다. 난드르, 박수기정…… 이 얼마나 어여쁜 이름인가요.

저녁 무렵, 민박집으로 돌아와 새우젓을 넣고 호박국을 끓였습니다. 차가운 물에 발을 씻고 막걸리도 한 병 땄죠. 막걸리 한 모금을 마시고 호박국 한 숟가락을 떠 먹었습니다. 지금은 없는 식구들을 떠올릴 때마다 별이 떴고 바람이 불었습니다. 여행을 떠나 왔고 걱정은 바다 건너 아주 멀리 있는 일일 뿐이라고 생각했는데 말입니다. 인생은 끝까지 외로워지지 않으려 애쓰다가 마침내 외로워지는 한 편의 이야기일까요. 저녁 앞에서 아주 엉뚱한 곳에 도착한 사람 같은 표정을 지었습니다.

○   비 내리는
      창밖을 멍하니 바라볼 때가 있습니다

아침에 눈을 뜨면 습관적으로 가장 먼저 날씨를 확인합니다. 오늘 강수 확률은 60퍼센트였습니다. 오후 두 시부터 비가 온다고 했습니다.

　　오전에 카페에서 작업을 하다가 두 시 가까워 작업실에 왔습니다. 책을 읽다가, 원고를 쓰다가 틈틈이 창밖을 확인합니다. 비가 오나, 안 오나……. 음악은 〈Here's That Rainy Day〉로 준비해 두었습니다. 웨스 몽고메리와 프랭크 시내트라로 들으려고 합니다.

비가 오면 창문을 활짝 열고 빗소리를 듣겠습니다. 종이컵에 맥주를 따라 마시며 듣는 빗소리는 어릴 적 저녁 무렵 어머니가 찬장을 열던 소리 같기도 할 것이어서, 문득문득 저는 미끄러지다 겨우 중심을 잡은 표정으로 창밖을 바라볼 것이고요.

못물을 대고 벼를 기르는 마음으로
살아가려 합니다

저마다 생각을 정리하는 방법이 있을 겁니다. 저는 머릿속이 복잡하고, 심사가 어지러울 때면 차를 몰고 자유로를 달려 임진각까지 갑니다. 사무실에서 약 삼십 분 정도 걸립니다.

쭉쭉 뻗은 직선의 길을 따라 시속 80킬로미터로 달립니다. 웬만하면 음악을 듣지도 않습니다. 들리는 소리는 아스팔트 바닥에서 올라오는 타이어 마찰음과 창가를 스치는 풍절음이 전부입니다. 이 소리를 들으며 앞만 보고 가다 보면 어느새 복잡한 생각이 조금씩 정리가 되더라고요. 창밖으로 빠르게 스치는 풍경과 함께 자잘하고 불필요한 생각들이 사라지는 거죠. 안 좋은 일이 있을 땐 이 길을 달리며 잊어버리고, 새 책을 기획할 때면 이 길을 달리며 아이디어를 얻곤 합니다.

자유로 끝은 임진각입니다. 거기에 '포비DMZ'라는 카페가 있죠. 아주 독특한 카페입니다. 사방이 통유리로 된 건물 하나가 철책선 앞에 우두커니 서 있습니다. 실내에는 커다란 탁자와 벤치 두 개가 전부죠. 이 카페는 라테가 아주 맛있습니다. 고소하고 부드럽고 풍미가 넘칩니다. 카페 옆에는 커다란 떡갈나무가 서 있고 그 아래엔 나무 벤치가 있죠. 여기에 앉아 라떼를 홀짝입니다.

오늘도 떡갈나무 아래 벤치에 한참 동안 앉아 있었습니다. 철조망 너머 논은 모심기를 하려고 못물을 가득 받아 놓았더군요. 바람이 불어 논이 약간 출렁이는 순간, 신기하게도 요 며칠 속상한 일로 어지러웠던 마음이 스르륵 풀리는 것이었습니다. 논둑에 슬며시 손을 대고 손바닥 자국을 남겨 보고 싶다는 생각이 들었고요.

조금 손해 보는 듯 일하고, 이 일이 어떤 의미가 있는지 가끔 스스로에게 물어볼 것, 그렇지 않으면 공허해질 테니까. 못물을 대고 벼를 기르듯, 논일을 하는 마음을 가져보도록. 이러면서 무릎을 툭 툭 쳤습니다. 저 멀리 여름이 함성처럼, 응원처럼 오고 있었습니다.

◦　　죽을 때까지 바꾸고 싶지 않은
　　　일상이 있습니다

한 달 뒤에 죽는다면 어떤 삶을 살고 싶은가? 이런 물음을 받는다면 나는 어떤 대답을 할 것인가. 새벽 산책을 하다가 문득 이런 물음이 든 적이 있습니다. 두 시간의 산책을 끝내고 집에 돌아와 커피를 마시며 내린 결론은 이렇습니다.

　　한 달 뒤에 죽는다고 해도 '아, 이제 이 세상을 떠날 시간이 됐구나' 하고 생각하며 하루를 이어갈 것이다. 아침에 산책을 하고, 해가 떠오르는 것을 보고, 팔꿈치에 닿는 바람을 감각하고, 집으로 돌아와 모카 포트에서 커피를 내려 마시겠지. 레터를 쓰고 도서관에서 책을 읽다가 저녁이 되면 방울토마토나 참외 한 봉지를 사서 집으로 돌아올 것이다.

저녁을 가르며 전철이 지나가는 소리를 듣느라 가만히 걸음을 멈추기도 하면서 말이다. 그러고는 소파에 앉아 태연하게 술을 마시다 밤이 깊으면 불을 끄고 잠자리에 들 것이다.

한 달 뒤에 죽더라도 바꾸고 싶지 않은 일상이 있다는 것. 어쩌면 그것이 우리가 닿아야 할 삶의 지평이 아닐까요.

○　이 순간, 가장 좋아하는 일을
　　합니다

당신은 지금 배를 타고 강을 따라 내려가고 있습니다. 그런
데 강기슭에 조약돌 하나가 빛나고 있는 거예요. 당신은 장
대로 배를 밀어 기슭에 내려 그 조약돌을 집어 듭니다. 조약
돌은 새처럼 작고 따뜻해서 당신을 미소 짓게 합니다. 그게
'지금 이 순간'입니다.

　　주머니에 조약돌을 넣고 당신은 강을 따라 계속 내려
갑니다. 물살이 셀 때면 주머니에 손을 넣어 그 조약돌을 만
집니다. 조약돌의 온기를 확인하니 조금은 안심이 되는군

요. 그게 '인연'이라는 겁니다.

살면서 가장 중요한 건 딱 두 가지입니다. 지금 가장 좋은 것을 하는 것, 따뜻한 사람을 만나는 것.

◦   맞서지 않고
　　　살살 달래가며 함께 갑니다

아침에 일어나 면도를 하기 위해 거울을 보면 흰 수염의 남자가 무표정한 얼굴로 서 있습니다. 미간 사이에 깊은 주름이 있고 눈 밑에도 잔주름이 꼬물거립니다. 세월이 얼굴에 만들어 준 마음의 흔적이겠죠. 그동안 어떤 마음을 쓰며 살아왔는지 얼굴에 다 드러나는 것 같습니다. 고집스런 주름의 방향을 볼 때마다 인생은 잔꾀를 부리며 대충 피해가는 게 아니라는 걸 새삼 느끼곤 합니다. 내 앞에 온 거 다 거치고, 견딜 거 다 견뎌내야 하는 게 인생입니다. '그냥 보낸 시간은 없다'라고 말하는 것도 이 때문이 아닐까요. 다행인 건

거울 앞의 남자를 볼 때마다 '헛되이 시간만 보낸 것이 아니었구나' 하는 생각이 든다는 것입니다. 인생은 맞서는 것이 아니라 살살 달래가며 함께 가는 것이지요. 어느 날, 그걸 알게 된 아저씨가 미간을 펴고 흰 수염을 쓰다듬고 있습니다. 이왕 가는 인생 웃으며 가면 더 좋지 않을까요. 씨익 웃어보기도 하면서요.

○　연못처럼, 스스로 아름답게
　　깊어집니다

며칠 동안 비가 내렸는데, 어제는 간만에 푸른 하늘이 펼쳐
지더군요. 창밖을 계속 흘끔거리다가 결국엔 못 참고 작업
실에서 나왔습니다. 운동화로 갈아 신고 산책로를 따라 걸
었습니다. 저 말고도 많은 사람들이 나왔더군요. 다들 행복
한 표정으로 걷고 있었습니다. 보라색, 노란색 꽃이 피어 바
람에 흔들렸고 호수에는 저녁 해가 비치고 있었는데, 저녁
빛 속에서 물결이 일다가 잠깐 멈추곤 하는 것이 바람도 뒤
돌아보는 듯했습니다. 하늘에는 쉼표를 닮은 구름이 떠 있
었고요.

걷다 보니 풀벌레 소리가 하도 소란한 곳이 있어 몇 발짝 들어가 봤더니, 연못이 있었습니다. 이런 곳에 연못이 있었다니. 미처 알지 못했던 곳이었습니다. 연못 위로는 잠자리가 날았고, 개구리 소리가 찻물이 끓듯 와와 하며 시끄러웠습니다. 연못가에 한참을 서서 해가 지는 광경을 지켜보았습니다. 새빨간 노을 속 산그림자가 걸어 내려와 연못 속에 푹 잠길 때까지 말입니다. 우리가 지나온 슬픔과 고통 그리고 상실이 연못 속에 한데 모여 일렁이며 아름다운 물결무늬를 만들어내고 있더군요. 죄와 분노와 사랑도 함께 섞여 반짝였습니다.

우리 대개의 삶들이 저 연못처럼 그런 사연으로 살고 있지 않을까 싶습니다. 세상의 어느 호젓한 구석에서 꽃과 새를 불러 모으고 가끔 저녁 햇빛을 불러들이며 스스로 아름답게 깊어지듯이 말입니다. 이 세상이 무수히 많은 곳에 아름다운 곳을 숨기고 있다는 건 얼마나 경이로운 일일까요. 내 옹색한 이해가 그래도 이만큼 살아왔다고 저 연못의 말을 조금이라도 알아듣는가 싶어 다행인 여름 저녁입니다.

○ 모든 순간은 딱 한 번만
   우리에게 옵니다

가끔 볼 일이 있어 서울행 경의선 전철을 탈 때가 있습니다. 그럴 때면 언제나 왼쪽 편에 앉습니다. 전철 차창으로 보이는 바깥 풍경이 좋거든요. 앞서 썼듯이 행신과 대곡 근처를 지날 때는 제주도 중산간 어딘가를 달리고 있는듯한 느낌마저 듭니다.

어제는 창밖으로 지는 분홍빛 노을이 너무 예뻤습니다. 기분이 좋아져서 옆자리에 앉은 여고생을 팔꿈치로 살짝 툭툭 치며 창밖을 가리켰죠. 휴대폰을 보고 있던 그 아이는 창밖을 보며 와! 하고 나지막이 탄성을 내뱉더군요.

그 아이도 시간이 지나면 알게 될 것입니다. 모든 순간은 저 차창의 노을처럼 딱 한 번만 우리에게 왔다가 영원히 사라진다는 것을. 아무렇지도 않게 흘려보낸 그 순간이 우리가 진정으로 돌아가고 싶은 순간이라는 것을.

o   보고 싶은 마음이 들 땐
       걷다가 가만히 멈춥니다

걱정이 없는 날이 없습니다. 이런 저런 걱정 속에서 하루를
겨우겨우 버텨내다 보면 어느새 저녁이 되죠. 그래도 퇴근
길 들른 가게에서 갖고 싶은 젓가락이나 찻잔 같은 것을 구
경하다 보면 기분이 좋고, 저녁을 먹은 후 산책을 하다 만난
구름빛 아래에서 마음이 뭉클할 때가 있습니다. 보고 싶은
사람이 있어 그 빛 아래 잠깐 서 있기도 하고요.

◦　　기막히게 좋은 것들을
　　보고 갑니다

오늘도 하루 일을 마치고 저녁 산책을 나왔다가 집으로 가
는 길입니다. 말총머리를 묶은 소녀들이 제 옆을 달려 지나
갑니다. 머리를 깡총이며 달리는 경쾌한 보폭. 우리도 한때
저런 걸음걸이를 가졌던 적이 있었지요. 세상을 쭉쭉 미끄
러져 가는 제비처럼 가볍고 즐거운 걸음의 궤적을요. 아이
들이 남겨 놓고 간 웃음소리가 발꿈치를 간지럽힙니다.

　　이자카야에 들러 하이볼에 야채 튀김을 먹고 들어갈
까 하다가, 냉장고에 두부가 조금 남아있다는 걸 기억해 내

고는 두부와 양배추샐러드, 수박을 먹기로 합니다. 어제 새로 생긴 두부 가게를 발견하고는 두부 한 모를 사 와서 먹었는데 정말 맛있더군요. 체에 밭쳐 간수를 빼놓았으니 오늘 더 맛있을 겁니다. 생일 선물로 받은 청주도 있고요.

인생은 어떤 것인가 하는 거창한 고민, 더 좋은 작품을 써야지 하는 대단한 결기도 좋지만, 오늘 저녁엔 어떤 술과 안주를 먹을 것인가 하는 것도 그에 못지않은 아주 중요한 문제라고 생각합니다. 살아 보니 인생이 그럭저럭 살 만하구나 하는 걸 느끼는 순간은 식탁 위 젓가락 끝에 대롱대롱 매달려 있더군요. 그걸 조심스럽게 집어 올리면 되는 거죠.

큰 사건을 겪고 나야만, 찬란한 성과를 이룩하고 나야만 어른이 되고 인생의 참의미를 깨닫는 것이 아닙니다. 주위의 사람들이 하나둘씩 안 보이고, 옛날 노래가 좋아지고, 새로 나오는 기계나 프로그램을 일부러 외면하고 싶어질 때, 그런 작은 아쉬움과 절망들이 조금씩 쌓여가면서 나이가 들어가는 것이죠.

때로 쓸쓸한 가운데 저녁 속을 가만히 걸어가며 생각

해 보면 옅어지는 그림자처럼 희미해지는 기억들이 있습니다. 한때는 분명 선명했을 것인데 이제 여백으로 남은 부분이 많군요. 그래서 길을 걷다 자주 멈칫거리는 건 지도 모릅니다. 뭔가 두고 온 것이 있는 것 같거든요. 그러니 아침의 안개와 발등에 어룽대는 저녁 빛, 분무기로 화분에 물을 줄 때 잠깐 일었다가 사라지는 무지개, 모카 포트가 보글거릴 때 피어오르는 커피 향 같은 걸 즐겼으면 합니다. 왔다가 금방 사라지는 것, 그게 바로 행복이니까요. 좋은 인생은 그 짧은 순간을 잘 캐치하는 하는 데서 만들어집니다. 우리 삶의 공허한 빈 자리는 이런 것들로 채울 수 있을 것입니다.

저녁이 물러가고 어둠이 내렸습니다. 베란다에서 로드 스튜어트를 들으며 얼음이 든 막걸리 잔을 달그락거리고 있습니다. 아파트 단지의 불빛들이 별빛처럼 반짝입니다. 천변에서는 아이들이 잠자리채를 들고 뛰어다니는군요. 이런 것들로 기억을 만들다 보면 어느 훗날, 이 별의 산책을 마치고 돌아갈 때 누군가 어땠노라고 물어본다면, 기막히게 좋은 것들을 보고 왔다고 말할 수 있을 것 같습니다.

° 　노래를 들으면
　　좀 괜찮아질 겁니다

나이를 먹는다는 것, 살아간다는 것. 어떤 사람은 잊기 위해 살아가고, 어떤 사람은 아름다워지기 위해 살아갑니다. 심야 영화를 보고 집으로 돌아가는 길, 어떤 손이 내 등을 두드리며 말합니다. 모두는 저마다의 상처와 아픔을 가지고 있다고. 괜찮다고. 노래를 들으면 좀 괜찮아질 거라고.

겨울 앞에서

○ ○ ○

삶을 즐기는 사이 여름이 갔고 가을이 떠났으며 어느덧 겨울
이 되었습니다.

아아, 지난 봄은 눈부셨군요.

잎을 떨어트리고 있는 나무 앞에서 조금 더 겸허한 마음
이 되어 겨울을 기다리고 있습니다.

기막히게 좋은 것

2025년 1월 17일   초판 1쇄 발행

지은이
최갑수

펴낸이　　　　**펴낸곳**　　　　**출판등록**
최갑수　　　　　얼론북　　　　2022년 2월 22일 (제2022-000026호)

주소
경기도 파주시 경의로 1056

전화　　　　　　**팩스**　　　　　　**전자우편**
010-8775-0536　　031-8057-6703　　alonebook0222@gmail.com

인스타그램
@alone_around_creative

디자인　　　　**인쇄와 제본**　　　　**물류**
아침　　　　　상지사　　　　　우진출판물류

ISBN 979-11-94021-21-6(03810) 값 17,800원

얼론북은 '영감과 경험 그리고 인사이트'를 주제로 책을 만듭니다.
여러분의 소중한 원고를 기다립니다.